«Sono ufficialmente la prim
L'ho iniziato verso le 19
considerando che ho preso
Credo che me lo rileggerò parecchie altre volte, mi è piaciuto un sacco! Ma la cosa più bella è che mentre leggevo avevo in mente la tua voce che diceva quelle parole... In alcune parti mi sono sbellicata dalle risate, ma in altre ho riflettuto molto e mi ci sono anche rispecchiata, tanto da rileggermele per immergermici del tutto, certe volte sembrava addirittura che le avessi scritte io. Quando comprerò la versione cartacea sottolineerò sicuramente parecchie cose. Complimenti e spero che tu abbia sempre il vento in poppa... Sono la tua fan number one, e questa cosa mi fa molto piacere! Non ti dico Candida come sta gasata, infatti sta sperando di finire subito questo esame così lo può leggere. Io me lo sono letteralmente mangiato anche perché mi hai preso così tanto che andavo sempre avanti. Diciamo che la mia più che una recensione è proprio un messaggio che vuole trasmettere vicinanza, supporto e tanto affetto! Mi hai fatto venire voglia di scrivere un diario e spero che chi legga il libro lo apprezzi almeno un quinto di quanto l'ho apprezzato io. Sono felice per te perché ti meriti il meglio e anche se non te lo dico mai ti voglio tanto tanto bene»

Rosa (una mia amica)

PLAY

«Impara prima a regolarti la barba, solo dopo potrai pensare di scrivere un libro»

Questo è ciò che Anthony mi disse quando gli esposi la mia idea di voler scrivere. Come dargli torto? Avevo provato a regolarmi la barba da solo, l'avevo tagliata male, quando scesi a lavoro lui se ne accorse e come se non bastasse me la aggiustò pure.. Potrebbe sembrare una cosa poco importante, e in effetti lo è, ma come metafora potrebbe avere una qualche validità. Come dire: "Pensa prima alle cose importanti, solo dopo potrai perderti con certe sciocchezze". Però la convinzione che mi ha spinto veramente a scrivere questo libro è stata un'altra. La prima persona a cui decisi di chiedere un consiglio è stata Fabio della libreria "Ultima Spiaggia" di Ventotene. Volevo sapere da lui che naturalmente è più esperto di me in questo campo se effettivamente convenisse scrivere, se qualcuno avrebbe mai mostrato interesse nel pubblicare o leggere un mio libro. La sua risposta fu un'altra domanda, e cioè quale fosse il mio scopo. Gli risposi che mi sentivo di condividere qualcosa con qualcuno, e lui mi suggerì di farlo liberamente, non preoccupandomi del "dopo". Una cosa simile mi disse Alessio, un amico che stimo molto, bravissimo fotografo, musicista e artista.

Alla stessa domanda mi rispose "goditi il viaggio", ed è proprio quello che ho intenzione di fare. Sono giovane, con limitate esperienze, che ha tutta una vita davanti.

Non credo di avere molto da raccontare, ma ho lo stesso il desiderio di condividerlo. Non so se quello che ho da dire potrebbe interessare ma in fondo so dell'esistenza di certi libri che sarebbe stato meglio se fossero rimasti alberi, che parlano di personaggi mediocri in cerca di agognata popolarità e guadagni facili, non credo che il mio possa essere peggiore. Che poi i personaggi sono altri, sono quelli che non appaiono nei libri, sono quelli di cui si parla ridendo e scherzando al tavolo con gli amici. Sono quelli con le loro storie alle spalle, che siano realmente accadute oppure no, ma che sono talmente divertenti o illuminanti che non hanno bisogno di essere confermate. Sono quelli con caratteristiche e modi di fare unici nel loro genere, positive o negative che siano.

«Nella vita non incontri persone, ma personaggi»

Lorenzo (un mio amico)

«I personaggi grandi sono tutti morti all'asilo, distrutti dalle scuole, dalla cultura, dall'azzeramento delle teste»

Tiziano Terzani

Io non ritengo di essere uno di loro, ma da un lato ci spero. Sono una persona normale. Non ho fatto nulla di rilevante e degno di nota, non sono particolarmente conosciuto, e spero di non esserlo mai.

Preferisco essere famoso nel mio piccolo, non mi importa della popolarità. Potrebbe darmi alla testa, potrebbe influenzarmi, cambiarmi, trasformarmi in una persona che non sono, che non voglio essere, perché ci ho messo tanto a diventare così. Ma che cosa sono realmente? Questo lo vedremo in seguito.

Io sto scrivendo quello che ha l'aria di un libro autobiografico, senza aspettative, se non quella che voi probabili lettori apprezziate la voglia di condividere le mie esperienze più importanti. Vorrei trasmettervi qualcosa che è stato trasmesso a me, creare un ciclo continuo, un collegamento tra me, voi e le persone con cui magari parlerete di quello che state leggendo. Onestamente spero di riuscirci, ma se così non dovesse essere allora pazienza, posso comunque dire di averci provato.

CAPITOLO I

L'importanza della parola

«C'era una volta un popolo di uomini delle caverne. Non conoscevano alcun modo di comunicare che andava oltre i gesti degli occhi, della bocca, delle mani e del corpo. Kyle non era come loro, lui sentiva il bisogno di qualcosa di diverso, ma ritenne che nessuno lo avrebbe capito. Un giorno gli venne uno strano dolore alla pancia, insopportabile, tanto che provò a chiedere aiuto al padre. Lo guardò triste e si strusciò la mano sulla pancia, ma il padre pensò che avesse fame e gli lanciò una coscia di lepre. Kyle rinunciò deluso, se ne uscì fuori dalla caverna e si sedette sotto un albero. Confermò tra sé e sé che doveva inventarsi qualcosa. Cercò di fare versi con la bocca, si concentrò e uscì un qualcosa di diverso da un mugugno, un qualcosa che aveva un suono strano, una parola! Aveva iniziato a parlare, ma visto che era l'unico ad averlo mai fatto sapeva di doversi dare molto da fare. Diede un nome ad ogni oggetto che vedeva: albero, foglia, farfalla, nuvola, sole... e non appena si sentì soddisfatto, corse dalla sua famiglia e pronunciò tutte le parole che aveva inventato, ma loro scoppiarono in un'immensa risata derisoria. Il padre pensò addirittura che parlare fosse una cosa da stupidi, ma Kyle non si diede per vinto e inventò anche verbi, avverbi, aggettivi e tutto il resto. Un giorno, durante una battuta di caccia, il fratello di Kyle fu ucciso da una tigre, nessuno si era accorto del pericolo tranne il padre, che era su una collina poco più lontano. Sarebbe bastato solo una parola per avvertire del pericolo imminente, e il figlio sarebbe riuscito a scappare in tempo, ma lui non sapeva parlare. Il dolore lo sconvolse talmente tanto che mise da parte il suo

orgoglio e il suo scetticismo. Chiese a Kyle di insegnargli, così anche lui capì finalmente che la parola non era una stupida perdita di tempo e che avrebbe risolto un sacco di problemi, e da quel giorno vissero meglio, felici e contenti»

Probabilmente questo inizio avrà lasciato perplesso qualcuno, che magari ha persino pensato di buttare il libro dalla finestra. Non fatelo ancora, aspettate e (forse) non ve ne pentirete. La storia che avete appena letto l'ho scritta ispirato dal mio perenne interrogativo su come sia nata la *parola*. Siccome sono arrivato alla conclusione che è impossibile stabilirlo mi sono inventato io una probabile spiegazione.

A mio parere noi tutti siamo venuti su questa Terra con due scopi: quello di vivere (che è diverso dal sopravvivere) e quello di condividere. Viaggiare, sperimentare, compiere azioni folli, fare esperienze, appassionarsi alla gente, provare sentimenti. Questo è ciò che dobbiamo fare nella vita. Dobbiamo cercare la felicità in ogni angolo del mondo. Non basta però trovarla, bisogna anche condividerla.

«La felicità è reale solo quando è condivisa»

Lev Tolstoj (*La felicità familiare*)

In fondo ci insegnano fin da piccoli a parlare, e condividere è la cosa migliore che possiamo fare con questo prezioso strumento.

Tutti noi possiamo avere dei problemi che non riusciamo a risolvere da soli. Ma allora perché non mettere da parte la dignità e chiedere aiuto a qualcuno che magari aveva gli stessi problemi, è riuscito a risolverli e può consigliarci?

In tanti, se non tutti, abbiamo provato o proviamo delle emozioni e dei sentimenti forti, che vanno dalla tristezza all'amore. Ma allora perché non fare in modo che i nostri amici più stretti, ma anche dei perfetti sconosciuti, si sentano parte di tutto questo?

Io: Fatto sta che rileggendo i messaggi di entrambi mi accorgo che forse ce la caveremmo pure nello scrivere un libro, tanto ormai li scrivono tutti.

Lei: Devo dire che a volte è molto più facile scrivere che parlare, almeno per me.

Io: Pensa che quando faccio 'sti discorsi annoio la gente. Uso un tono lento e pacato. Altre volte balbetto e non so cosa è peggio.

Lei: Capisco... A me si strozzano le parole in bocca e iniziano a uscire cose senza senso (e mi mortifico). Ci vogliono una certa empatia e una certa sensibilità, che non tutti hanno. L'esperienza mi ha insegnato questo...

Io: Sembra che il cervello vada a un'altra velocità rispetto alla bocca.

Lei: Mmh… Comunque stasera a telefono ci sarà almeno da parte mia un po' di imbarazzo.

Io: E io non so se riuscirò a dire frasi sensate e parole in fila.

Lei: Altrimenti possiamo lasciare tutto così com'è e vivere di immaginazione.

Io: No.

Lei: Wa categorico!

Io: È una cosa troppo importante per me, non basta l'immaginazione.

Lei: Ma in che senso è una cosa troppo importante per te?

Io: Che tu ormai sei diventata troppo importante, dopo solo una settimana che ci scriviamo, e non accetterei il fatto di continuare a scriverci senza mai vederci. Il guardarsi negli occhi, il contatto fisico: dalla carezza sulla mano o sulla guancia. Poi vabbe', la timidezza fa parte del gioco.

Lei: Io comunque sto un po' in ansia, non so se ti chiamo... Quando mi sento pronta lo farò. Sono agitate.

Io: Come vuoi, non c'è fretta. – cerco di venirle imcontro - *Agitata per cosa? Se te lo posso chiedere…*

Lei: Eh non lo so... Sempre la stessa cosa. La delusione e basta. Quella che tu potresti provare.

Io: Ehi, se non te la senti non fa nulla.

Lei: Io solitamente non ho problemi a chiamare una persona... Te l'ho detto, sento il peso di non essere abbastanza. E non mi va di rovinare questa cosa.

Io: Se ti dicessi che è impossibile che rovinassi qualcosa? Che è impossibile che tu mi deluda? Ti sentiresti meglio?

Lei: No perché è una stronzata. La parte di me che è uscita, sarebbe dovuta uscire con il tempo... Non così in fretta. Non mi piace questa cosa... È come se non avessi protezioni. Bah!

Io: Quindi in pratica pensi che continuare solo a messaggiare senza sentirci e senza vederci sia la cosa migliore per te?

Lei: Non ho detto questo.

Io: Ma dentro te stessa lo pensi? – faccio appena in tempo a finire di scriverle questo messaggio che mi chiama, forse perché si è sentita sfidata o perché non sapeva cosa rispondere. Finita la telefonata continuiamo il dialogo su Whatsapp:

Io: Dai vabbe' almeno abbiamo superato l'imbarazzo.

Lei: IO ho superato l'imbarazzo, tu non mi sembravi molto imbarazzato.

Io: Beh forse la mia voce no, ma il mio cuore batteva a mille – ed era vero, ancora oggi riesco a ricordare quella incomprensibile ma magnifica sensazione.

Lei: E non esagerare, manco a dire che sono Belen.

Io: No vabbe' ma non sto esagerando, è normale, è l'emozione.

Lei: Scusa se ti interrompo sempre... sono un pò logorroica forse...

Io: Avevo la tentazione pure io di interromperti se è per questo.

Lei: Comunque potevi interrompermi se non eri d'accordo con quello che stavo dicendo.

Io: Sono abituato a non interrompere mai e ad aspettare il mio turno per contestare, anche se è molto difficile. Comunque no in linea di massima alla fine abbiamo punti di vista abbastanza simili. Secondo te come è andata?

Lei: Perché questa domanda?

Io: Beh perché prima eri addirittura preoccupata di deludermi, mi chiedevo se lo sei ancora.

Lei: Sì…

Io: A… Comunque non mi hai deluso. Anzi devo chiamarti più spesso. Mi piace la tua voce, e poi mi sento particolarmente a mio agio nel parlare con te.

Lei: Come mai?

Io: A dir la verità non lo so. Perché poi dopotutto tra scrivere messaggi e parlare al telefono non c'è molta differenza. Non c'è comunque il contatto visivo.

Lei: No però io sono così con o senza contatto visivo, alla fine mi piace scherzare, fare battute del cazzo, quindi questo tende a smorzare un po' la tensione… te lo dico io.

Io: Però se tu invece sei ancora preoccupata di deludermi vuol dire che io non riesco a smorzare la tua…

Lei: Ma io ho paura di deluderti, perché non sono niente di che... Tu mi sembri molto di più. – ci rimango di stucco, nessuno mi aveva mai fatto sentire così importante - *Però vabbe' sono pippe. Che poi alla fine escono solo tramite telefonino, perché se ci fossimo conosciuti di persona, io tutte queste cose che in questi giorni ci siamo detti, non penso te le avrei dette.*

Io: Secondo te se tu fossi niente di che io perderei tanto tempo per scriverti messaggi? Smetterei di disegnare e colorare per risponderti in tempo? Starei con la televisione spenta per concentrarmi solo nello scriverti?

Lei: Questo solo tu puoi saperlo... Ciò che si scrive e la realtà sono due cose diverse, sei tu che me lo hai detto la prima volta.

Io: Si ma sei comunque tu a scrivere il messaggio, le parole sono tue, e questo lo avevi detto tu.

Lei: Al di fuori, per far sì che tutto questo esca, ci devo entrare proprio in empatia con quella persona... Ecco perché ti dico che comunque certe cose sono uscite un po' troppo presto, però vabbe' non fa niente.

Io: Non si può tornare indietro. E poi scusa io sembro molto di più? Qui l'esagerata sei tu.

CAPITOLO II

Un "vecchio pazzo" mi disse

Ho scelto il nome di questo capitolo ispirandomi a Tiziano Terzani, l'ho conosciuto per puro caso iniziando a leggere uno dei suoi libri. "La fine è il mio inizio", una sorta di discorso-testamento che sostiene con suo figlio Folco nella sua casa di Orsigna dove si era ritirato ormai cosciente che il cancro gli avrebbe concesso di vivere per poco tempo ancora. Sono andato per la prima volta in un caffè letterario a Formia, ho preso questo libro che, non so come, sembrava mi chiamasse, ho iniziato a leggerlo, mi colpì sin dalle prime pagine e ho deciso di comprarlo. Dopo averlo finito avevo bisogno di nutrirmi ancora dei suoi pensieri, quindi chiesi alla mia famiglia di regalarmi per il compleanno un altro suo libro: "Un indovino mi disse".

Se fosse ancora vivo non smetterei mai di ringraziarlo, perché mi ha messo a disposizione ciò che aveva capito durante la sua vita piena di viaggi e successi, e grazie a questa sua conoscenza ho capito qualcosa anche io. Se lo conoscete allora sapete di che genere di persona sto parlando, se invece ancora non lo conoscete beh, iniziate a leggerlo anche voi.

Torniamo però a ciò che ho da dire io. Mi sono permesso di cambiare il titolo sostituendo la parola "indovino" con "vecchio pazzo" riferendomi a quello che è un vero personaggio di Ventotene, Marco Scalia, un grande disegnatore di fumetti e ex vignettista per giornali famosi che stimo molto sia per la sua arte sia per la sua capacità di ironizzare su tutto.

Una sera, probabilmente dopo aver bevuto qualche birra di troppo, entrò da Hobo e disse:

«*Caro Ornitorinco* - riferendosi a me - *devi sapere che tutto ciò che vedi, come i nostri corpi, è fatto di elettroni e protoni, è tutto composto dalla stessa materia. Questo deve farti capire che allora tu sei tale e quale a questo bancone, a questo sgabello, alla birra che ti stai bevendo*»

Ammetto che di quel lungo discorso che parlava anche di fisica quantistica (roba troppo complicata per me, figuriamoci a quell'ora della notte) questa è l'unica cosa che mi ricordo. Ciò nonostante, è comunque una cosa che mi ha fatto pensare molto. Da qui si inizia a capire che tutto e tutti siamo la stessa cosa, siamo legati da un filo logico, invisibile. Una forza invisibile, come quell ache tiene uniti protoni ed elettroni, che inizialmente non riusciamo a percepire.

Faccio un piccolo esempio: probabilmente se non avessi mai conosciuto il Terzani non avrei mai avuto l'ispirazione di scrivere.

Sicuramente se non fossi mai entrato in quel caffè letterario non avrei mai visto il suo libro e non avrei mai iniziato a leggerlo. Se non avessi mai cambiato aula per un giorno durante il corso di inglese che facevo a Formia non avrei mai visto fuori dalla finestra l'insegna "Tempo prezioso" di questo tanto ma poco famoso caffè letterario.

Se degli studenti non avessero dovuto sostenere un esame nell'aula dove in genere facevamo lezione non l'avrei mai dovuta cambiare. Se non avessi scelto di studiare inglese a Formia per stare più vicino ai ragazzi con cui faccio le mongolfiere non mi sarei iscritto alla "British School" ma da qualche altra parte a Roma. Se non fossi appassionato di arte non avrei mai scelto di aiutare a costruire le mongolfiere.

So che quest'ultimo discorso è abbastanza complesso, quindi vi sintetizzo tutto dicendo semplicemente che sono partito dall'idea di scrivere un libro e sono arrivato alla mia passione per l'arte, che apparentemente non c'entrano nulla ma che sono appunto collegati l'uno all'altro attraverso un filo logico. E così ho deciso di raccontarvi i fatti in ordine logico e non cronologico, che è ben diverso e che forse è anche più difficile…

CAPITOLO III

Hornythorhynchus chamaleontis

Petra e Valeria: Salve scrittore, com'è che non è ancora seduto alla sua postazione? - mi dissero due ragazze fisse frequentatrici di Hobo con molta ironia

Io: Buona sera care, scusate sono appena arrivato.

Petra e Valeria: Ah sì? E *da dove è entrato? Come fa a stare già sopra le scale?*

Io: Sono entrato dalla porta di servizio, sono passato proprio dietro di voi e ho anche salutato. Sono salito a prendere il computer per iniziare a scrivere e ora sto scendendo.

Petra e Valeria: Pensa, non l'abbiamo neanche vista arrivare.

Io: Questo è perché assumo importanza solo quando sono seduto al mio tavolo a scrivere il libro, care.

Petra e Valeria: Eh sì, il cosiddetto fascino dello scrittore... - e si ride.

Eccomi qui a scrivere per la terza sera consecutiva, sempre con lo stesso vecchio computer prestatomi da Sara, al mio solito posto da Hobo, il mio locale preferito a Ventotene.

«La prima volta per caso, la seconda volta per sbaglio, la terza volta per scelta»

Cliente a caso del Brigantino

Noto che sono abbastanza costante con questo libro, cosa che non credevo facile data la mia scarsa forza di volontà. Forse però ce ne ho da vendere, è solo che penso che non sia così. Può essere che in realtà non sia neanche cosa penso di essere.

«Sono io, in tutto il mio essere»

Ornitorinco

Iniziamo a parlare di quello che sono realmente. Sono un ragazzo, per ora ho ventuno anni, sono nato a Formia, ho vissuto la mia infanzia a Ventotene, dopo le superiori ho frequentato per un inverno informatica alla Sapienza di Roma per poi lasciare dopo meno di un anno. Sono tornato a Formia per un corso di inglese a Formia e contemporaneamente un corso di disegno base a Roma e ho iniziato un corso triennale di illustrazione sempre nella stessa scuola. Credo che dopo qualche iniziale incertezza sia riuscito a imboccare la mia strada. Ma com'è questa strada?

Beh, di certo non è dritta, in discesa e senza alcun ostacolo, come sarebbe potuta essere se avessi continuato con l'informatica.

La mia è molto diversa, in salita, piena zeppa di curve e di fossi per terra, con pericoli ad ogni angolo. E sapete perché io ho scelto questa e non la prima? Semplice, inanzitutto perché è più adatta a me e poi perché è sicuramente più colorata.

«Chi crede di farcela e chi crede di non farcela, di solito finiscono per avere entrambi ragione»

Confucio

Devo dire che ho cambiato molto spesso idea. Mia nonna, con tutti i dolori che aveva, mi convinse che fare il dottore o il medico sarebbe stato un buon mestiere. Poi mi sono appassionato alla matematica, e quindi desideravo insegnarla alle elementari o alle medie. Successivamente mi dissero che avrei guadagnato poco e aspirai a diventare professore universitario.

Questa mia passione mi spinse a iscrivermi alla ragioneria, indirizzo AFM (amministrazione, finanza e marketing), prima mi avvicinai all'economia aziendale e decisi di diventare ragioniere, poi mi dedicai al diritto e pensai di voler diventare avvocato. Conobbi in maniera più concreta l'informatica, vidi che effettivamente me la cavavo, cambiai indirizzo e mi iscrissi al SIA (sistemi informativi aziendali).

Convinto anche dai miei professori che potessi farcela andai all'università e ambii a diventare programmatore. Lì mi accorsi che fu un grosso sbaglio, forse il più rilevante fino ad ora.

Mollai tutto e decisi di dedicarmi al mio più grande interesse che avevo e che mi è sempre rimasto, e cioè il disegno.

Ora invece di disegnare sto scrivendo questo libro, ma sono sicuro che non cambierò di nuovo idea. Di quello che ho studiato di informatica mi è rimasto poco o nulla, ma sono fermamente convinto di aver imparato di più nel primo inverno passato a Roma abitando in una casa in affitto con dei coinquilini che non avevo mai visto prima piuttosto che all'università. Decisamente una bella esperienza che mi ha segnato, che ha contribuito a farmi diventare ciò che sono, o almeno quello che penso di essere.

Io: Ma in realtà cosa pensi di essere? – mi chiedo ogni tanto.

Me: Interessante domanda, vecchio amico. – risponde la mia parte creativa

Io: Grazie, ora però rispondimi, che stai diventando anche troppo ripetitivo.

Me: Va bene, un attimo di pazienza...

Hornythorhynchus chamaleontis: un assemblaggio tra ornitorinco e camaleonte, due animali in cui per diversi motivi mi rappresento (e che sono disegnati sulla copertina del libro e all'inizio del capitolo).

L'ornitorinco mi è venuto in mente quasi per caso, stavo tornando a casa con il motorino dopo la mia solita birra, quando *a bell' e buon'* [1] mi viene questa parola in mente.

Non so perché, ma aveva qualcosa di buffo che mi fece ridere a crepapelle, da solo, e per di più prima non ero neanche di buonumore. Tornato a casa, anche se era abbastanza tardi, mi misi a cercare informazioni su questo bizzarro animale. Scoprii che è unico nel suo genere: appartiene all'ordine dei mammiferi però la femmina fa le uova, è sprovvista di mammelle e allatta i cuccioli con delle ghiandole sparse sul corpo. Ha degli speroni velenosi (tipico dei rettili) sulle zampe posteriori. Queste ultime sono palmate e sulla testa presenta una specie di becco, due caratteristiche tipiche delle anatre. E per di più il suo nome vuol dire "becco d'uccello".

Strano che degli animaletti così piccoli siano riusciti a sfatare la teoria di un certo signorotto come Darwin, il quale sosteneva che i mammiferi non avrebbero mai potuto subire tali evoluzioni fisiche. In qualche modo mi sento anche io un ornitorinco, tanto da usarlo come nome d'arte per i miei disegni e le mie citazioni.

Certo so perfettamente che sono un essere umano, però mi piace pensare di essere anche io un po' unico.

«Siamo tutti unici»

Anthony (mio collega di lavoro)

---

[1] All'improvviso

Credo anche che certi miei atteggiamenti ricordino quelli di un camaleonte, che quando vuole passare inosservato cambia colore pur di mimetizzarsi nell'ambiente circostante e passare inosservato. Non ho questa stupenda capacità, però col tempo sono riuscito anche io a sviluppare dei miei metodi. Quando mi sento particolarmente a mio agio invece smetto di mimetizzarmi, mi faccio vedere. Mi reputo un ragazzo che "entra dalla porta di servizio", cioè che entra in punta di piedi (magari nella vita di qualcuno) e quando è il momento si fa notare.

Una volta da un uovo di pasqua mi uscì un portachiavi con una frase in inglese e non sono riuscito a capire se fosse solo un caso oppure parlava veramente di me. Diceva "sono una di quelle cose cattive che capitano alle brave persone". Magari ha ragione, magari ha torto, chissà. Però forse sarebbe più giusto dire che sono una brava persona a cui capitano cose cattive. Oppure no.

Sono convinto anche di avere molte cose in comune con il mio casco. Con tutte le botte che ha preso ora è pieno di graffi, io però l'ho colorato e disegnato, e ora è unico e fantasioso. Ora i graffi ci sono lo stesso, ma solo un occhio ben attento riesce a percepirli.

CAPITOLO IV

Uno, nessuno, centomila

Premetto che non ho mai amato l'italiano, la trovavo una materia abbastanza noiosa. Forse sarà stata anche colpa delle varie insegnanti che ho avuto. C'è però un romanzo che mi ha appassionato molto: *Uno, nessuno, centomila* di Luigi Pirandello. Secondo lui ognuno pensa di essere una persona, e cioè siamo "uno". Ci viene assegnata una figura diversa per ogni individuo che ci vede o ci conosce e qui nasce il "centomila". Se per caso dovessimo preoccuparci di quello che pensa ogni persona, c'è il rischio che non riusciamo a capire più chi siamo, entriamo in crisi, e va a finire che diventiamo "nessuno". Beh, almeno questa è l'interpretazione che ho dato alla sua teoria, se così non fosse spero mi perdoniate.

Lei: Può anche darsi che sono io che sono strana hahahah tutto è possibile.

Io: Strana? Bene. Essere normali è noioso.

Lei: Però essere "strani" a volte è struggente, ti logora.. Delle volte è come se fosse un peso... Magari molti problemi li eviteresti...

Io: Secondo me è essere normali che ti logora.

Lei: A te a volte non capita di voler essere un po' più normale?

Io: Ci sto pensando, non credo. In realtà non mi reputo né troppo strano né troppo normale.

Lei: Ti reputi te stesso semplicemente, capisco.

Io: Che poi come faccio a sapere dove finisce la normalità e dove ini«zia la stranezza? O come faccio a sapere cosa è normale e cosa è strano?

Lei: Quando inizi a sentirti a disagio rispetto al genere umano, è lì che capisci che inizia ad esserci qualche rotella che inizia a svalvolare.

Io: Sì ma potrei essere io quello normale mentre tutti gli altri sono strani e stanno svalvolando, boh...

Lei: Me lo chiedo anche io a volte sai... Alla fine sotto certi aspetti pensiamo quello che ci hanno indotto a pensare... Che alla fine la percezione interiore è quanto di più soggettivo esista.

Io: Io non mi sento spesso a disagio rispetto al genere umano.

Lei: Io sì.

Ho descritto quello che sono e quello che penso di essere, ora tocca parlare di ciò che la gente pensa di me.

Una buona parte di voi, per quanto letto in queste poche pagine, potrebbe pensare che sono un folle, fuori di testa. Tranquilli, non siete gli unici, lo pensa anche la gente che mi sente parlare e che vede alcuni dei miei disegni, ma non è che me ne interessi molto.

Anzi a dir la verità non ci faccio proprio caso, sono contento così, un altro modo per distinguermi dalla massa.

Però mi sembra di aver scritto solo cose belle di me, quelli che sono i miei pregi, ed è per questo che voglio riproporre una frase che mi disse mia zia, con le lacrime agli occhi, dopo avermi visto con la faccia sfregiata da una caduta in motorino la notte prima perché mi ero messo alla guida poco lucido: *"tu sei uno valido, non buttarti via"*. Potete immaginare ciò che è successo... La mia unica fortuna è stata quella di essere stato il solo a essersi fatto male "fisicamente" dopo l'enorme cazzata che ho fatto. Nessuno è perfetto, e dato che *"siamo definiti dalle nostre azioni, non dalle parole"* (*Captain Fantastic*) forse non sono neanche una così brava persona.

«Senza peccato non esiste pentimento»

Rasputin

Non ho assolutamente fatto un sondaggio su quello che pensa la gente di me, anche perché come ho detto prima me ne infischio, però fino a un certo punto. L'augurio più toccante per il mio ultimo compleanno me l'ha fatto Michele, un ragazzo di Brescia che ho conosciuto a Roma. In una nota vocale mi disse: *"mi raccomando fai tutto bene nella vita perché hai i numeri per fare queste cose"*.

Le parole che però mi hanno donato molta autostima me le ha scritte una ragazza di cui parlerò in seguito: *"non ti scandalizzare ma io nei tuoi confronti ho sviluppato una sorta di amore strano, in realtà quasi surreale, perché mi sembri buono ed intelligente, normale ma strano, dannato ma beato e sento proprio un trasporto mentale, forse perché appunto la bontà ti accompagna ma l'intelligenza ti contraddistingue, anche se a volte sei acido"* e *"sei delicato, sei puro, sei gentile, sei come mai nessuno prima d'ora, e io non so cosa mi sta succedendo, ma so solo che non ti voglio perdere, parlo come se ci conoscessimo da un sacco di tempo, mi hai lasciato più tu che tante altre persone che fanno parte della mia vita... abbiamo ancora tanto da scoprire l'uno dell'altra, e se vorrai io ci sono con il cuore aperto".*

Lei: Stasera sono stata molto bene – mi scrisse dopo la nostra prima "videochiamata".

Io: Il mio "anche io" sarebbe troppo scontato? Vabbe' lo scrivo lo stesso. Anche io.

Lei: No no anzi, sei anche più simpatico. Dopo che mi hai mandato quel bel faccione non ti so più resistere.

Io: Beh detto dalla persona che mi conosce meglio di chiunque altro è più che un complimento per me. Che poi non so che ci trovi di straordinario in quella faccia io non l'ho ancora capito.

Lei: Ma nulla, è simpatica. Ed è a patata come la mia. Solo che la mia è una patatina, la tua è un patatone.

E poi capita un signore, mentre sto lavorando a pranzo, che mi prende in simpatia e senza che sappia nulla di me, dopo che io l'ho servito, mi dice *"grazie artista"* e quando gli chiesi come aveva fatto a capirlo rispose che era per il primo approccio che ho con le persone... ci avrà visto lungo oppure anche questa è solo una coincidenza?

«Sei un ragazzo pieno di sorprese, ammetto che a vederti a scuola ti avevo un po' sottovalutato, ma forse perché sei tu che vuoi mantenere un profilo basso o sbaglio?»

Giampiero (insegnante Scuola Comics)

Lei: Spero davvero che non rimarrai deluso dalla mia indole scherzosa e un po' cazzara. – disse iniziando a fantasticare su un nostro possibile incontro.

Io: Beh finora niente di te mi ha deluso.

Lei: Questo aumenta il peso della situazione.

Io: Tu dici? Secondo me no. Rimane tutto invariato.

Lei: Si perché io non faccio QUASI mai nulla di forzato... Quindi ciò che esce esce. Io non mi impongo nulla.

Io: Nel modo più naturale possibile

Lei: E ciò che esce, chi lo sa, potrebbe non piacerti ma alla fine 'sti cazzi, ho ripromesso a me stessa di non cambiare per nessuno. E non lo farò

Io: E non sarò certo io a chiederlo

Lei: Boh sarà che tendo sempre a non sentirmi all'altezza delle situazioni... Ma a chi non vado bene... Quella è la porta

Io: Sai, la penso esattamente come te. Anche perché almeno per quanto mi riguarda mi è costata molta fatica diventare quello che sono

Lei: Pensa io non so se vorrei essere quella che sono... Alla fine tu anche con molti sforzi i tuoi obiettivi li hai raggiunti...

Io: Beh pensa io vorrei essere un fottuto palestrato bellissimo e con i capelli biondi (vabbe' adesso esagero, mi basterebbe averceli), artista super famoso, super affascinante, tanto ricco e per niente avido. Però non ho certo un fisico bestiale, di capelli ne ho al massimo tre, a livello artistico quasi nessuno mi conosce, non ho soldi e vabbe' non sono avido. E sai che c'è? Anche se non piaccio molto, mi accontento di quello che sono. – uso un pizzico di ironia per farle capire che deve accettarsi per quella che è.

CAPITOLO V

Love the life you live. Live the life you love[2]

2 Ama la vita che vivi. Vivi la vita che ami

Quanto ne sapeva il buon vecchio Bob Marley. Questa è anche la mia filosofia di vita. Basta con questo pessimismo cosmico. Finché si tratta di poeti come Leopardi, Foscolo e Pascoli può andare pure bene, e già loro mi stanno sul cazzo. Ma mi innervosisco quando sento pischelletti che si lamentano di quanto la loro vita faccia schifo, e hanno possibilità che molti si sognano. Hanno litigato con l'amico, con il fratello, con la sorella, hanno preso brutti voti, hanno perso qualcosa e credono che il Mondo sia finito. Pensano che questi siano i problemi della vita, perché fortunatamente di quelli veri non ne hanno mai avuti. Magari si tratta anche di cose più gravi, problemi da ragazzi più grandi, però le tragedie capitano.

«Il problema dell'infelicità è che non ha ragioni, non ha motivi. Non ha proprio niente da dire l'infelicità»

Alessandro Rak (*L'arte della felicità*)

«Solo che la vita non è proprio così, a volte è complicata come una lunga corsa a ostacoli dove non ti puoi ritirare soltanto correre con chi ti ama accanto a te»

Max Pezzali (*Io ci sarò*)

C'è chi si ubriaca quasi tutte le sere per stare meglio (io purtroppo ne so qualcosa) e c'è chi si droga, chi pensa che il dolore fisico faccia meno male di quello mentale, e allora tira cazzotti ai muri, si taglia, o è talmente disperato da togliersi la vita.

«Nella vita ce la fai sempre anche quando non ce la fai più»

Antonio Dikele Distefano (*Non ho mai avuto la mia età)*

C'è chi pensa che chi riesce ad arrivare a questo punto sia coraggioso, ma in realtà non è altro che un debole, un codardo. Il vero coraggio sta nel saper sopportare il dolore. Però in fondo ognuno soffre a modo suo.

«Ora ti dirò una cosa scontata: guarda che il mondo non è tutto rose e fiori... è davvero un postaccio misero e sporco e per quanto forte tu possa essere se glielo permetti ti mette in ginocchio e ti lascia senza niente per sempre!!! Né io, né tu, nessuno può colpire duro come fa la vita, perciò andando avanti non è importante come colpisci, l'importante è come sai resistere ai colpi, come incassi e se finisci al tappeto hai la forza di rialzarti... così sei un vincente!!!»

Rocky Balboa

Lei: Io ho sofferto tanto in passato.

Io: Non sei l'unica cara mia.

Lei: Parlo di problemi seri... a volte mi chiedo come sarei a quest'ora se non li avessi avuti. Di certo sarei più solare.

Io: Invece io non ne sarei così sicuro. Solo chi ha toccato il fondo può risalire. Solo chi ha provato il dolore sulla propria pelle può essere veramente felice.

Lei: Sì ma sai, per esempio ora sono una margherita, però se non fossero accadute determinate cose, forse sarei diventata un girasole.

Io: Non la penso come te, io credo che se quelle cose non fossero successe, tu ora non saresti affatto un girasole, ma un comune fiore di campo dove ci pisciano i cani.

«So' er buco nero der dente cascato ar soriso della fortuna e la cosa più sfortunata e pericolosa che m'è capitata nella vita è la vita, che una vorta che nasci, giri... conosci... intrallazzi... ma dalla vita vivo nunne esci... uno solo ce l'ha fatta... ma era raccomannato... Io invece nun c'ho nessuno che me spigne. Mejo ...n' se sa mai... visti i tempi!»

Alessandro Mannarino (*Bar della rabbia*)

«Vivere la vita è una cosa veramente grossa, c'è tutto il mondo tra la culla e la fossa. Sei partito da un piccolo porto dove la sete era tanta e il fiasco era corto, e adesso vivi... perché non avrai niente di meglio da fare finché non sarai morto»

Alessandro Mannarino (*Vivere la vita*)

Qualcuno persino non vorrebbe essere mai nato. Ormai siamo arrivati in questo Mondo e c'è un solo modo per uscirne, e anche voi sapete qual è...

Allora io a queste persone vorrei chiedere: ma conviene aspettare con ansia questo fatidico giorno e vivere tristi o godersi tutto il tempo a disposizione e poi accettare la morte con la consapevolezza di aver vissuto pienamente?

«I becchini ne raccolgono spesso fra la gente che si lascia piovere addosso»

Fabrizio De André (*La canzone del padre*)

Certo che questa società non aiuta. Il mondo dei grandi è troppo poco separato dal mondo dei piccoli, e un bambino traumatizzato da episodi troppo grandi per lui diventerà un adulto triste.

«Chi dice che il Mondo è meraviglioso non ha visto quello che ti stai creando per restarci»

Caparezza (*Una chiave*)

Per non parlare poi dei genitori che lavorano tutto il giorno, poi tornano a casa e scaricano la rabbia e l'ansia sulle loro famiglie. Un bambino questo lo avverte, e anche se non apparentemente e non immediatamente, gli lascia un segno quasi indelebile.

«Se non sono gigli son pur sempre figli, vittime di questo Mondo»

Fabrizio De Andrè (*La città vecchia*)

Ma poi scusatemi eh, c'è qualcuno che decide per voi cosa dovete fare della vostra vita? Non credo. Siete liberi di scegliere la vita che volete per voi stessi.

Potete studiare e diventare avvocati, dottori, impiegati, professori o qualsiasi altra cosa che vi appassioni. Potete farvi assumere in un'azienda, in un'industria, in un ristorante o bar, magari fate un lavoro che non vi piace perché dovete mantenere una famiglia, ma poi non potete prendervela con il Mondo perché siete stanchi e non siete felici delle scelte che avete fatto. Avete voluto voi una famiglia. Avete avuto la bicicletta, ora pedalate!

Tutte le nostre azioni corrispondono a una reazione, non si può tornare indietro, e non si può neanche stoppare il tempo. Si può andare soltanto avanti, e magari farlo nel miglior modo possibile. Quando poi si è raggiunta una certa età si può guardare indietro, con la consapevolezza che però ciò che è fatto è fatto e non può essere cambiato. Non dovete vedere chi ha più di voi (non è detto che sia felice). Vedete invece chi ha poco o nulla e trova comunque la forza di sorridere. Quindi accontentatevi di quello che avete.

Ricordatevi che almeno sulla Terra siamo gli unici esseri viventi con tutte queste capacità. Ricordatevi che in questo momento state respirando. Ricordatevi che non c'è cosa migliore di vivere, e ve lo dice uno che più di una volta ha rischiato la vita, che ha avuto anche lui i suoi problemi, ma chi mi conosce sa che li ho sempre superati, magari qualche volta sarò pure caduto, ma poi mi sono sempre rialzato.

Ciò che non uccide fortifica. Ora però basta con queste frasi fatte. Ricordatevi che bisogna essere sempre positivi. Anche se è brutto tempo, è nuvoloso e piove, il sole c'è sempre, anche se non lo vedete, e continua a risplendere fregandosene di tutto il resto.

«You can't have a positive life and a negative mind[3]*»*

Joyce Meyer

«Niente paura, niente paura. Niente paura, ci pensa la vita mi han detto così... Niente paura, niente paura, niente paura, si vede la luna perfino da qui»

Luciano Ligabue (*Niente paura*)

[3] Non puoi avere una vita positiva e una mente negativa

CAPITOLO VI

E' meglio er vino de li castelli che 'sta zozza società [4]

[4] È meglio il vino dei castelli piuttosto che questa sporca società - *La società dei magnaccioni (Lando Fiorini)*

«Comm'è, stasera nun liegg'?[5]*»* mi disse lo chef del Brigantino quando stavo per salire dopo la chiusura. In effetti è da un pò che non mi fermo lì al buio illuminato solo da una piccola lucina in compagnia di un libro e con il sottofondo delle onde del mare. Gli risposi subito: "no, stasera vado a scrivere io". Inizio raccontandovi un dialogo che ho avuto con un mio collega prima del servizio.

Io: Ieri ho provato a far smettere di fumare una ragazza.

Federico: E perché? Ce stavi a prova'?

Io: No no macché! Perché ha detto che prima si fumava quaranta sigarette al giorno, ora ha diminuito un sacco e se ne fuma "solo" venti. «Venti?! Ma stiamo scherzando? A sedici anni? E quando sarai più grande allora i polmoni non ce li avrai più» le ho detto, ma lei era fermamente convinta che se solo volesse potrebbe smettere di fumare quando vuole, le serve solo una motivazione.

Federico: E allora dalle tempo no? In fondo ha sedici anni, è presto per farle capire il male che si sta facendo.

Io: No non ce ne ha tanto di tempo, quando si convincerà di smettere potrebbe essere troppo tardi.

Federico: Sì ma questi sono problemi suoi, non tuoi.

Io: Forse hai ragione, ma è una cosa che ho preso a cuore.

[5] Com'è che questa sera non leggi?

Federico: Allora cosa hai intenzione di fare?

Io: In realtà qualcosa già ho provato a farla, l'avevo invitata a prendere una delle quattro sigarette che le erano rimaste e di spezzarla, piuttosto che fumarsela, così da convincersi che lei era più forte del fumo, che non ne aveva bisogno. In fondo raramente crea dipendenza, è per lo più una questione mentale, di abitudine, e ho pensato che il mio potesse essere un buon metodo. Però non ci è riuscita, ha detto che le stava venendo da piangere, non ne aveva il coraggio.

Federico: Non ti devi abbattere per questo, hai fatto già abbastanza, e io lo apprezzo, sei un grande, ma tu non puoi fare certi discorsi a una ragazza che non è ancora maturata del tutto, che non si rende ancora conto della gravità della situazione.

Io: Però io mi sento che posso fare ancora qualcosa. Vorrei comprarle un pacco da dieci e fargliele spezzare una ad una davanti a me, e non è neanche vincolata dal fatto che sprecherebbe le sigarette comprate con i suoi soldi. Io sono ben contento di usare i miei per una buona causa, ma sono ancora più contento di "sprecare" in questo modo le sigarette, perché sarebbe un pacco in meno che intossicherebbe i polmoni di qualche fumatore accanito.

Federico: Guarda che i pacchi da dieci li hanno tolti dal mercato. Ora ci sono solo i ventoni.

Io: Ah sì? Beh allora niente.

Federico: Ma comunque non ho capito perché ti accanisci tanto su questa cosa, lasciala fumare in pace.

Io: Ma non è solo per questo, il fatto è che se riuscissi a far smettere lei, magari saprei fare lo stesso con tante persone, che capiscono di avere una forza di volontà tale da permettere loro di fare un gesto così importante e potrebbero migliorare la loro vita.

Federico: Gianluca io ti stimo per quello che dici e che pensi, ma non puoi cambiare il Mondo da solo.

Io: Sì ma se quelli come me e te non fanno qualcosa, non fanno il primo passo, questo Mondo non cambierà mai.

Udani: Secondo me invece nel tuo piccolo qualcosa l'hai già cambiata!

«Puoi cambiare camicia se ne hai voglia. E se hai fiducia puoi cambiare scarpe… Se hai scarpe nuove puoi cambiare strada. E cambiando strada puoi cambiare idee. E con le idee puoi cambiare il mondo… Ma il mondo non cambia spesso. Allora la tua vera rivoluzione sarà cambiare te stesso»

Alessandro Mannarino (*Vivere la vita*)

E non è neanche l'unica cosa che mi ha infastidito inspiegabilmente questi ultimi giorni. C'era una famiglia: padre, madre e due bambini, e questi ultimi sono stati per tutto il tempo a giocare con il telefonino senza parlare e senza che qualcuno gli dicesse niente. Poi vabbe' ormai fa parte del quotidiano vedere ragazzine che non arrivano a quattordici anni truccate come delle prostitute d'altri tempi. Ragazzi di entrambi i sessi che iniziano a bere e fumare fin troppo presto per imitare i più grandi e farsi accettare. Fanno i vissuti, si comportano con superiorità, vogliono chissà cosa quando meriterebbero solo qualche "mazziata".

«Mazz' e panella fann' e figl' bell'....panella senza mazz' fann' e figl' pazz'...[6]»

Detto napoletano

Ma non è solo colpa loro. In fondo da chi è che prendono? Dai loro genitori, dai loro parenti, dai loro amici, da chi li circonda, dalle persone pubbliche che se ne fregano, danno il cattivo esempio, e vengono imitate in tutto e per tutto, soprattutto nelle cose negative.

[6] Bastone e pagnotta rendono i figli belli, pagnotta senza bastone rende i figli pazzi

«Finché i musicisti non scendono dai taxi, finché i poeti servono ai tavoli, finché gli uomini migliori lavorano al soldo di quelli peggiori… la strada corre dritta verso l'apocalisse»

Alessandro Rak (*L'arte della felicità*)

«È la storia di una società che precipita e che mentre sta precipitando si ripete per farsi coraggio fino a qui tutto bene, fino a qui tutto bene, fino a qui tutto bene, ma il problema non è la caduta ma l'atterraggio»

Hubert (*L'odio*)

Più vedo certe situazioni e più credo di essere capitato nel momento sbagliato, magari sarei stato meglio in un'era in cui non esistessero i social network, perché sinceramente li uso ma potrei anche farne a meno. Non sopporto più le persone che per qualsiasi cosa stiano facendo devono raccontarlo a tutti con post, foto o storie su instagram, facebook e quant'altro. Non capisco se si divertono di più a divertirsi o si divertono di più facendo sapere alla gente che si stanno divertendo. Se loro sono il futuro allora mi inizio un po' a preoccupare... Però dai, proprio stasera ho imparato a spinare il pesce, quindi qualche speranza c'è.

CAPITOLO VII

La poltrona avvelenata

«Ma che è 'stu lamient[7] *?»* mi domandò lo chef del Brigantino sentendo una delle canzoni di Ludovico Einaudi che fanno parte della mia playlist personale. Il computer del ristorante era in riparazione e abbiamo dovuto arrangiarci attaccando il mio telefonino alle casse per la cena. In effetti mi ha stupito il parere di una persona andante per la settantina che entra in contrasto con i molti che apprezzano il genio musicale di Einaudi, e mi ha fatto capire che la gente ha diversissimi modi di pensare, e che non c'è nulla che possa mettere tutti d'accordo.

Questa è la sesta estate che lavoro, ho iniziato quando avevo neanche sedici anni. Ho fatto sempre il cameriere, che non sarà il lavoro più duro del Mondo, ma toglie comunque del tempo. Per come la penso io, lo stipendio che arriva a fine mese non è solo per compensare il lavoro fisico e/o mentale che offri al locale in cui lavori, ma è anche per ripagarti della libertà che ti è stata sottratta. Sì, perché il tempo che si passa a lavorare potrebbe essere utilizzato per molte altre cose, magari per un hobby o per qualche viaggetto. E' anche vero che senza lavoro non ci stanno soldi, e senza essi quale viaggio puoi farti? E' inutile mentirci, i soldi servono, non puoi farne a meno.

[7] Ma che cos'è questo lamento?

L'acqua si paga, il cibo si paga, i vestiti si pagano, i riscaldamenti si pagano, si paga tutto, tra un po' forse anche l'aria (quella condizionata già ce la fanno pagare). Quindi è vero che il lavoro toglie la libertà, ma i soldi che si guadagnano ti danno la libertà di fare cose che se non ce li avessi non potresti fare. Sei libero di portare la ragazzetta a mangiare al ristorante, sei libero di farti una bevuta con gli amici, sei libero di andare al cinema, in discoteca, sei libero di farti una famiglia, sei libero di comprarti una macchina e una casa... Insomma perdi un po' di libertà nel presente per guadagnare un po' di libertà nel futuro. Ora io non sono uno scrittore, e non mi stancherò mai di ripeterlo, quindi non ho una buona padronanza delle parole, però spero che il concetto sia chiaro. Non si deve lavorare solo per fare soldi, accumularli e volerne sempre di più, perché in questo modo non ci si godrebbe appieno la vita.

Se fate un lavoro che è pur sempre ben retribuito, ma che non vi piace e per il quale non siete portati, vivrete tristi fino al raggiungimento della pensione (sempre se riuscirete ad arrivarci, di questi tempi non si sa mai) e lì il massimo del divertimento che potrete permettervi sarà una partita a carte o a bocce con un po' di vino o birra. Non si avranno neanche le energie sufficienti per giocare con i nipoti.

Se fate invece un mestiere (che può essere anche inventato da voi) che vi fa esprimere al meglio, vi sentirete molto più appagati e quindi felici.

«Non c'è cosa peggiore del talento sprecato»

Alessandro Mannarino (*Vivere la vita*)

Cliente1: Tu sei di Ventotene? – mi chiese una sera un signore che era venuto a mangiare al ristorante

Io: Sì

Cliente1: Quindi stai qui per tutto l'anno?

Io: No no, in inverno studio a Roma

Cliente1: E che studi?

Io: Inizierò un corso di illustrazione

Cliente2: Ah, figo, mia cugina è illustratrice – aggiunge un altro

Io: Quindi saprai già di che si tratta

Cliente2: Sì sì, è una cosa bella

Io: Eh però di certo non avrò un lavoro assicurato – dico un po' rassegnato

Cliente1: Sì ma se ti piace una cosa il lavoro lo trovi sicuro

Io: Ah sì? Allora, a me piace mangiare. – rispondo sarcastico

Cliente1: Eheh…

Cliente3: Bella risposta ragazzo – interviene un altro cliente allo stesso tavolo

Cliente2: Potresti fare il critico gastronomico

Io: Buona idea!

Certo non avrete lo stesso stipendio assicurato, sta a voi decidere se preferite essere felici o ricchi. I soldi vanno e vengono… ma in fin dei conti cosa sono? Non sono altro che pezzi di metallo o carta colorati, a cui è stato attribuito un valore e tanta, anzi troppa importanza. Sono uno strumento per vivere, ma non il principale motivo per cui vivere. Come detto prima oggi come oggi non si può vivere senza, ma un tempo era possibilissimo. Esisteva il baratto, cioè lo scambio di oggetti di eguale valore deciso tra due o più parti interessate. Non so dirvi se questo metodo sia efficace o meno, ma almeno è un'alternativa.

Voglio condividere con voi anche il vago disprezzo che nutro verso il potere e la politica. Due cose che vanno a braccetto, perché i politici hanno potere e i potenti sono molto influenti politicamente. Dicevano mia zia e mia nonna, sempre nella loro saggia ingenuità, che *"quella è una poltrona avvelenata"*.

Puoi essere anche la persona più buona del Mondo, ma quando inizi ad entrare nel giro dei "potenti" o dei "politici" non vuoi più uscirne, fai di tutto per rimanerci, e molto spesso quel "tutto" entra in contrasto con i tuoi princìpi e ne scopri un altro che alla fine li cambierà radicalmente: il denaro. Ne hai tanto e ne vuoi ancora di più. Ti venderesti qualsiasi cosa, anche la tua anima.

«A parte che ho ancora il vomito per quello che riescono a dire. Non so se son peggio le balle oppure le facce che riescono a fare»

Luciano Ligabue (*Niente paura*)

«Vorrei essere ricco solo per insegnare ai ricchi come ci si comporta»

Ornitorinco

Naturalmente non tutti sono così, ma sono veramente in pochi quelli che si salvano. Puntualmente sono loro gli unici che spingono per allontanarsi. Però uscire dal giro è difficile quasi come entrarci. Se sei lì qualcosa di sbagliato devi averla fatta, e quel qualcosa prima o poi ti si ritorcerà contro.

Più dei potenti mi infastidiscono solo i loro parenti, che hanno sempre tutto servito su un piatto d'argento. Si credono di essere chissà chi, anche se ciò che possiedono non c'è l'hanno mica per merito loro.

Tutti viziati, con i vestiti firmati, con le auto dal valore di molti zeri, con la villa al mare, e non hanno dovuto muovere neanche un muscolo. Possono avere tutto quello che vogliono, o almeno tutto quello che si può acquistare con i soldi, ma spesso non basta per ottenere la cosa che ha più valore di tutto ma senza reale valore economico: la felicità.

Stimo molto chi è riuscito ad avere successo nella vita grazie solo alle sue potenzialità, senza che qualcuno gli abbia mai regalato nulla, e mantenendo comunque la propria integrità morale. Chi ha seminato tanto e poi ha raccolto tutto, come se fosse stato premiato da un qualcosa di indeterminato: il "*Karma*".

CAPITOLO VIII

Karma docet

Una sera, tornando a casa dal bar "Il faro", sento un ragazzo visibilmente ubriaco che parla con un suo e mio amico a voce molto alta (in pratica urlava) fregandosene dell'ora tarda e che la gente dormiva. A un certo punto dice una frase che mi lascia abbastanza sconcertato: *"Dio ha lasciato troppo fare al Diavolo, adesso è il momento che si prenda la sua rivincita"*. Nonostante io non sia più credente, ci ho pensato molto su... e se avesse ragione lui?

Io vengo da una famiglia profondamente cristiana, mi hanno battezzato, ho fatto la comunione e la cresima. Da bambino volevo diventare prete, ma pensavo che il seminario fosse un ristorante dove si mangiava bene (non so bene come mi convinsi di questa cosa). Da allora sono cambiate tantissime cose. Inanzitutto ora sono sicuramente più grande.

Fino a qualche anno fa ero credente ma non fino in fondo, poi un po' perché i miei precedenti coinquilini mi hanno leggermente aperto gli occhi e un po' perché ho iniziato a riflettere per conto mio, ho avuto l'illuminazione, ma al contrario. Da un paio di anni non credo più al Cristianesimo.

Ce ne sono veramente un sacco di religioni, ne conosco solo una piccola parte, ma ritengo che si possano classificare in orientali e occidentali in base agli elementi che hanno in comune. Per come la penso io tra le due categorie cambia il modo di credere.

Le religioni occidentali si basano su una sorta di riti e sulla Chiesa, che da sempre è a stretto contatto con l'economia e la politica. Le loro parole chiave sono "obbedienza" e "devozione", quasi come se siano state ideate per controllarci. Penso che ai credenti non piaccia l'idea di essere soli, senza una qualsiasi forza spirituale pronta a intervenire se le cose dovessero andare storto. Sperano fino in fondo che ci sia vita dopo la morte, e che sarà allora che avverrà la giustizia divina.

Chi è stato buono andrà in Paradiso, un ambiente con clima fresco e soleggiato, dove vivranno in pace per l'eternità. Chi invece è stato cattivo verrà scaraventato nell'Inferno, dove brucerà tra le fiamme della dannazione. E ovviamente chi può decidere dove va uno e dove va l'altro, se non Dio "in persona"?

Quando però capita che è indeciso (perché anche gli Dei hanno dei dubbi) rimanda tutti al purgatorio, e sceglierà dopo una bella dormita. Se al risveglio sarà tranquillo e beato andranno tutti allegramente in Paradiso, ma se invece sarà stressato… Ahimè, povere anime, preparatevi a fare un bell'arrosto con il vostro corpo.

Ora io l'ho buttata un po' in caciara, l'ho presa sul ridere, ma non è forse questo in cui molta gente crede?

«Non avrai altro Dio all'infuori di me, spesso mi ha fatto pensare: genti diverse venute dall'est dicevan che in fondo era uguale. Credevano a un altro diverso da te e non mi hanno fatto del male. Credevano a un altro diverso da te e non mi hanno fatto del male»

Fabrizio De Andrè (*Il testamento di Tito*)

Le religioni orientali si basano invece su un determinato stile di vita, collegato con il divino e l'occulto. Hanno una serie di tradizioni per ringraziare di tutto ciò che hanno, naturale o artificiale che sia. Prima di una decisione importante si affidano al volere degli Dei, tramite gli Indovini. Hanno tutta una serie di superstizioni, apparentemente senza senso ma con una motivazione molto precisa e poco conosciuta. Anche loro credono ci sia un qualcosa dopo la morte, un'altra vita, la *reincarnazione.* A seconda di quanto uno sia stato buono nella vita passata si potrebbe reincarnare in una pietra, un albero, un cane, un'altro essere umano o quant'altro.

«Credo forse nella reincarnazione? Davvero non ci ho mai seriamente pensato. Ma perché no? Perché non immaginarsi la vita come una corsa a staffetta in cui, allo stesso modo del bastoncino di legno che passa di mano in mano, un qualcosa di non fisico, di non definibile, qualcosa come una somma di memorie, come un capitale diesperienze vissute altrove, passa di corpo in corpo e di morte in morte, cresce, si espande, accumula saggezza e avanza verso quello stato di grazia che mette fine a tutte le vite: l'illuminazione, per dirla buddhisticamente?»

Tiziano terzani (*Un indovino mi disse*)

Credono anche nel Karma, e secondo me tutte le VERE religioni del Mondo si potrebbero sintetizzare in questa unica e semplice parola. La cosiddetta giustizia divina sarà fatta nell'arco della vita: a chi farà cose belle accadranno cose belle, a chi invece farà cose brutte accadranno cose brutte.

Anche io in parte credo nel Karma, però non penso si tratti di qualcosa necessariamente divino. Può essere anche legato alla reale vita di tutti i giorni. Un qualcosa che circola, che passa da persona a persona, fino a quando non ritorna, ma non importa quanto tempo ci metta e che giro faccia. L'esempio mai banale è un semplice sorriso, che magari può cambiare umore a una persona rendendola a sua volta felice, cosicchè sorriderà a qualcun'altro dando origine a un circolo che prima o poi si chiude.

Il mio punto di vista sul karma in effetti è perfettamente in linea con la teoria del "vecchio pazzo" secondo la quale c'è un filo conduttore che collega qualsiasi cosa.

CAPITOLO IX

L'albero della vita

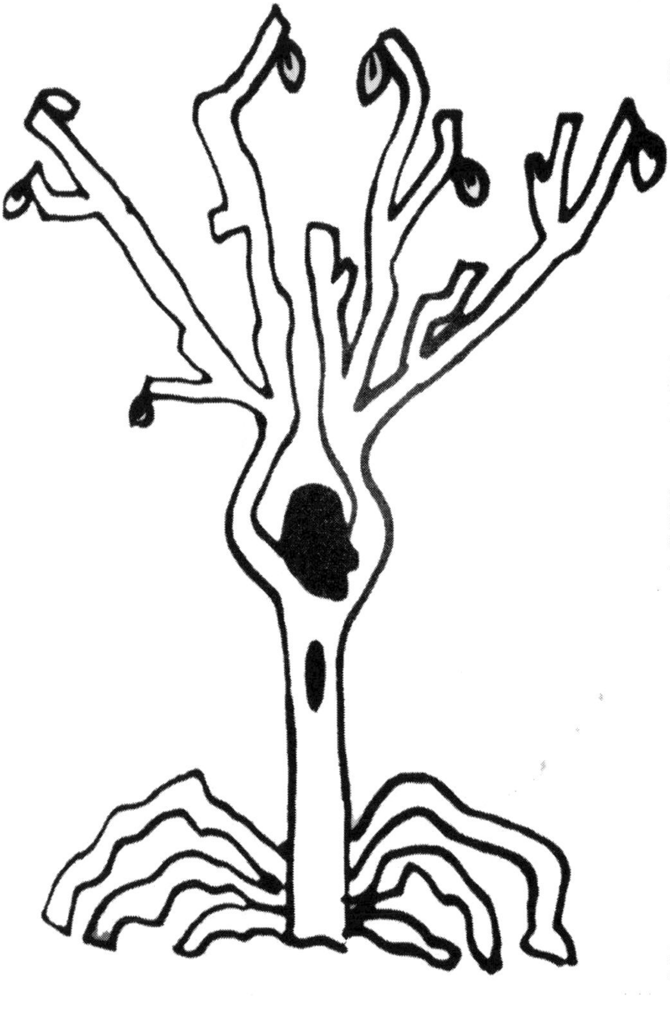

X: Ehi gianlù, a che stai col libro?

Io: Ehi ciao, finora a otto o nove capitoli.

X: E quanti ne mancano?

Io: Non lo so, continuo finché ho da scrivere.

X: Aaa, ma su che cos'è?

Io: Boh, una sottospecie di diario.

X: Un diario? Ma hai 21 anni, ancora perdi tempo con 'ste cose?

Io: Appunto ho detto che è una "sottospecie"... Parlo dei miei pensieri, delle mie teorie, delle mie esperienze, di quello che ho vissuto, di quello che vivo, di quello che vive ognuno di noi ma non gli dà la stessa importanza che gli do io. Una raccolta di pensieri miei e della gente, di frasi che dico e che sento dire, di vari dialoghi e conversazioni che mi hanno aperto la mente, di pezzi di canzoni, cose così…

X: Ah, ok. E hai scritto anche di me?

Io: Mmm, in realtà no…

X: E perché?

Io: Scusa ma cosa dovrei scrivere di te?

X: Eh ma a me sono successe un sacco di cose.

Io: Sì ma non le ho vissute io, non posso metterle nel mio libro.

X: Eh vabbe' ma che fa?

Io: Credimi che fa... ma se hai tutte 'ste storie da raccontare, perché non ne scrivi uno anche tu?

X: Boh perché non saprei come fare, non saprei da dove iniziare.

Io: È più semplice di quanto pensi. Io ho conosciuto una ragazza con cui ho stretto un rapporto bellissimo e ci scambiavamo pensieri di tutti i tipi. Grazie a lei ho capito che parlare è importante, e una volta che lei se n'è andata, a me è rimasta la voglia di condividere. Poi sapendo che Massimiliano (un mio amico) era effettivamente riuscito a scrivere e pubblicare un libro ho deciso di provarci anche io.

X: Beh allora forse chissà, potrei tentare…

Io: Perché no? Sei libero di farlo

Ultimamente questa conversazione si è ripetuta molto spesso, e in maniera molto simile ogni volta.

Io: Bando alle ciance, prosegui!

Me: signor sì, SIGNORE!

Alcuni pensano che la vita sia come un grande aeroporto, dove le persone vanno e vengono, seguendo il loro percorso, la loro strada.

Io invece sono abbastanza convinto che non sia così. C'è chi ci lavora in questo aeroporto, c'è chi ci resta. Chiamateli come vi pare: veri amici, migliori amici, fratelli... o chiamateli semplicemente amici, perché in effetti si differenziano molto dai normali conoscenti.

Lei: Mi fa molto piacere che credi nelle amicizie

Io: Io credo solo in quelle vere. Non tutte le persone che conosco sono mie amiche

Lei: È qui che viene l'inghippo... quelle vere.

Io: Io di amico vero qualcuno ne ho

Lei: Io neanche uno... puoi consolarti

Io: Non mi consola affatto, anzi, mi dispiace che stai messa peggio di me

Lei: Però, dai, alla rassegnazione non ci sono ancora arrivata, ma quasi. Però sono convinta che le amicizie ti salvano la vita, che la solitudine è bella, ma gli amici, quelli veri, lo sono ancora di più. La chiusura non è mai una buona cosa

Io: Le amicizie a senso unico te la rovinano la vita

Lei: Dipende da cosa intendi per "a senso unico"

Io: A senso unico nel senso che tu credi che una persona ti sia amica, e invece per lei non lo sei, però si prende gioco di te e cerca di usare questa cosa a suo favore. Che tipo per me tu sei mia amica, però per te non sono tuo amico, detto nel più semplice dei modi

Lei: Capisco benissimo… È veritiero questo esempio per te?

Io: No, era solo un esempio

Lei: Io per amicizia intendo un legame veramente veramente forte... senza pregiudizi, senza giudizi se non proprio dove necessari... una persona con cui poter aprirsi al massimo, alla quale poter dire di tutto, una parte della tua anima, ma io sogno sotto questo punto di vista.

Io: Non è che sogni, perché così è, o almeno dovrebbe essere

Lei: E allora la delusione è parte integrante del pacchetto…

Io: Si, e la delusione mi ha spinto ad indossare una maschera metaforica. Le persone che riescono ad oltrepassarla, a superare la superficie, allora sono amiche. Spero che hai capito

Lei: Certo che ho capito... e ricordiamoci che comunque l'essere, in quanto umano, nasce o diventa egoista... prende quello che più gli aggrada, anche dalle persone, e poi scappa… sembrerebbe rifarsi al principio di sopravvivenza... ma questo egoismo lo vedo molto più meschino. Io forse ultimamente lo sto diventando... non con persone a me care però... Ci ho pensato proprio l'altro giorno... La selezione naturale: il più forte, o comunque colui che sa adattarsi meglio, sopravvive... io ce la vedo una mezza metafora, ma forse inizio a svalvolare.

Io: Io non mi reputo egoista da questo punto di vista, e non capisco cosa c'entri il principio di sopravvivenza, che è una cosa che appartiene a tutti. Allora se l'egoismo dipendesse da questo, dovremmo essere tutti egoisti. Ci si può adattare anche senza esserlo. Comunque io se prendo qualcosa da qualcuno faccio in modo di restituirgli qualcos'altro. Che sia il rispetto, la gratitudine, l'amicizia. Sennò evito di prendere.

Lei: E questa è una grande saggezza... ma diciamo che dovrebbe essere una cosa alla pari alla fine... adesso perché ho detto "prendere" ma alla base di un amicizia solida tanto si dà e tanto si prende... anzi se è davvero solida a me farebbe piacere anche solo dare.

Io: Se si ha un'amicizia solida si perde il conto di quanto si da e quanto si prende

Lei: Però poi capisci che lo si fa con le persone sbagliate e alla fine lo si prende sempre nel culo, senza vasella, con tanto di granelli di sabbia, ci tengo a specificarlo.

Io: Ok adesso questo tuo esempio mi fa riflettere. Non so quale dei due dolori, essere ferito internamente o prenderlo letteralmente nel culo con brecciolini e senza vasella, faccia più male

Lei: Guarda che una ferita esteriore si cura sicuramente più facilmente di una ferita interiore, ma questo penso tu lo sappia

Io: Si però dipende di che ferita esteriore si tratta. Se perdi un arto lo perdi per sempre

Lei: Vabbe' grazie, se ti tagliano la testa sei fottuto. Voglio dire, era in senso metaforico

Io sono fermamente convinto che la vita possa essere rappresentata come un albero. Lasciate che mi spieghi...

Paragoniamo le foglie, che con delle folate di vento cadono senza troppa resistenza, alle persone che entrano ed escono nella nostra vita senza far rumore, senza lasciare il segno, e della maggior parte di queste neanche ci si ricorda.

Pian piano bisogna tagliare dei rametti per far spazio ai nuovi, o semplicemente per regolare la forma della pianta. Queste sono le amicizie nocive, quelle che non ti danno nulla di buono, anzi, c'è il rischio che ti mettano dei guai.

Non è difficile capire chi fa parte di questa categoria, la parte complicata sta nel riuscire a separarsi da loro.

I rami portanti li vedo come le persone con cui si stringe un legame forte, che non si romperà mai con una banale folata di vento, che nonostante il tempo che passa rimane sempre lo stesso. Di amicizie come queste ce ne sono veramente poche, ma ognuna di queste corrisponde a una ricchezza inestimabile che non si riesce neanche a immaginare. Mi ritengo un ragazzo fortunato perché ce ne ho abbastanza, e ne stanno crescendo almeno un paio di nuove.

Capita però che alcuni di questi, a causa di eventi fortuiti, cadono, si spezzano. Magari dopo che qualcosa di grande ci si schianta contro. Sono le persone con cui si aveva un legame forte ma che per qualche strano motivo che ancora non si riesce a comprendere sono uscite dalla tua vita e ti lasciano un vuoto molto difficile da colmare, come ad esempio *Lei.*

Lei: Tu hai detto che ti sono risaliti alla mente dei demoni... E stanotte anche a me... E come ti ho detto, o meglio come cercai di farti capire, questo demone è ancora fortemente presente in me... e cazzo io all'amicizia ci credevo, poi non più... Adesso piano piano stavo cercando di riequilibrare i miei tasselli, è difficile che mi apra, ora come ora… e cerca a metterti nei miei panni da persona ferita sotto questo punto di vista... Sapendo che il pericolo è sempre in agguato... Come ti sentiresti? O meglio, come ti comporteresti? Sarò pesante ma non posso farci nulla

Io: Mi sentirei molto semplicemente una merda. Vuoi sapere quello che farei nei tuoi panni? Io mi allontanerei per un po', giusto per capire se quest'amicizia mi fa sentire meglio o mi fa sentire peggio, per capire se ha più lati positivi o negativi, farei un bilancio. Se prevalgono quelli negativi, beh, ciao. Se però prevalgono quelli positivi, nel momento in cui io personalmente sono pronto, tornerei, ma senza fretta, a essere amico di quella persona. Tanto se questa persona ci tiene veramente a me, sono sicuro che sarà disposta ad aspettare tutto il tempo necessario

Lei: Chi sono io per farti stare appresso ai miei sbalzi d'umore e per farti aspettare tutto il tempo necessario?

Io: Sei una persona che merita. Tu credi che io non sia vittima di sbalzi d'umore? Uff e quanti ce ne ho, a volte sembra che venga anche a me il ciclo

Lei: Sei sincero... Comunque non credo ti farò aspettare troppo tempo... Ci sentiamo, e ti voglio bene, ciao

Io: Ti voglio bene anche io, a presto (spero)

«Al tempio c'è una poesia intitolata "La mancanza", *incise nella pietra. Ci sono tre parole, ma il poeta le ha cancellate. Non si può leggere la mancanza, si può solo avvertirla»*

Rob Marshall (*Memorie di una geisha*)

Però anche se questi rami cadono, non bisogna demoralizzarsi. In fondo la parte più importante di un albero è il tronco, duro e resistente, protetto tutt'attorno da una potente corteccia. Il tronco siamo noi stessi, il nostro carattere, la nostra personalità. Se si spezza, l'albero muore.

Ma senza radici forti e ben impiantate nel terreno (come le fondamenta di un palazzo), neanche l'albero può essere forte, e alla prima tempesta rischia di rompersi. Le radici corrispondono alla nostra famiglia e ai nostri parenti stretti. Sono la parte fondamentale, perché ci danno il nutrimento, la linfa vitale, la forza necessaria per andare avanti.

CAPITOLO X

La linea d'ombra

“La linea d’ombra” è una canzone dedicatami da uno dei miei ex coinquilini di Roma pochi giorni prima che partissi per tornare a Ventotene. Parole molto belle scritte da Jovanotti, a tratti commoventi, che porterò sempre con me. Ho avuto la fortuna di trovarmi bene fin da subito con i ragazzi con cui abitavo e con il resto del gruppo. Tutti con diverse qualità che si intersecavano bene fra loro. Avevano anche qualche difetto, come ce li ho io d’altronde, ma mi hanno insegnato tanto. Meritano di essere elencati uno ad uno, non necessariamente in ordine, dando però la precedenza ai miei coinquilini:

Riccardo: calabrese, lascia gli studi di antropologia, va prima a Berlino e poi a Lisbona per cercare fortuna, bravo chitarrista e discreto freestyler.

Mario: pescarese, genio dell'informatica (tanto da far paura), anche lui suona la chitarra, mangia molte schifezze ma nonostante ciò a quanto pare in quella casa era il più Atletico.

Salvatore: napoletano, nominato zio Tanco perché era il più grande e responsabile, buone capacità di gestione della spesa e delle pulizie, giornalista per devozione, a tratti scrittore. Può vantare di aver avuto un battibecco con un noto politico italiano che lo ha fatto finire su svariati giornali, e indovinate un po’, la ragione era dalla sua parte.

Attilio: calabrese, grafico e artista a tutti gli effetti, prima di conoscerlo mi fecero pensare che era un camorrista, e io come un pollo ci credetti (quante risate). Ah, sa suonare il Theremin[8]!!

L'altro Mario: calabrese, laureato al Dams e bravissimo giocoliere, un pò irresponsabile, tanto da smanettare con le sue maledette palline da per tutto: vicino computer e bottiglie di vino rosso. Una volta colpì una di queste, per fortuna era di plastica, ma era comunque aperta e creò involontariamente una bellissima opera d'arte: vino rosso su muro bianco.

Michele (Brolov): bresciano, ha studiato al conservatorio, un mito con la chitarra, molto originale nel vestirsi, e anche un pò testa calda (come tutti noi).

L'altro Michele (il Micene o il Collaboratore): calabrese, artista, grande saggio e appassionato di moto, ma a dir la verità non ho mai capito cosa faccia nella vita.

Per ultimo, ma non per importanza, Alberto (il Raus), calabrese. Si meritò questo privilegiato nomignolo dopo essersi bevuto tre quarti di bottiglia di plastica con vino rosso casereccio lasciato aperto per molti giorni con tanto di strato di polvere e tre moscerini.

[8] Strumento musicale elettronico ad onde sonore

E poi ci sono io, ventotenese, con la passione del disegno, che da Triste Gianluchino in un inverno mi sono evoluto in Gianluchino Maestoso, solamente grazie a loro, e forse non riuscirò mai a ripagarli per questo.

Lo Scalo 62, i troppi pranzi e cene con alimenti "poco" salutari. Le uscite insieme al "Cinema Palazzo", in piazzetta, a zonzo per San Lorenzo o da altre parti. Le feste Tekno ballando sotto cassa fino a tardi. Le interminabili partite a Fifa. I documentari, le serie tv e i cartoni su netflix. I film in streaming.

Radio Due Paroline dove si improvvisavano pezzi suonati e discorsi psico-filosofici. La vecchietta della casa dal pugno facile che dalle 20:30 in poi iniziava a bussare insistentemente contro il muro perché facevamo troppo rumore, ricordi inossidabili che rimarranno sempre impressi nella mente, che non rimpiangerò mai, nonostante tutto.

Ognuno di loro ha preso la sua strada, dopo il tratto che abbiamo condiviso insieme. Per fortuna ci siamo tutti incontrati di nuovo in qualche incrocio, per ben due volte, ed è stato molto piacevole ricordare e rivivere i fasti di un tempo.

Ora ho altri coinquilini, che sto imparando a conoscere e apprezzare. Anche qui non mancano di certo i difetti, ma i pregi li superano di gran lunga.

Tra chi studia filosofia e scrive libri, chi ascolta e produce musica techno, chi va all'accademia di recitazione e si diletta nella registrazione di video, molti dei quali ci vedono protagonisti, chi scatta foto. Un ambiente accogliente e stimolante, che permette di affinare le proprie qualità e di apprenderne altre.

Io: Sono un ragazzo davvero fortunato. È la seconda volta che mi traferisco a Roma e in entrambi i casi mi sono capitati coinquilini fantastici.

Pierciro: Non è fortuna, è tutto merito tuo.

CAPITOLO XI

L'amore puro e ingenuo di un bambino

«Ma a casa non ce l'hai un computer che vieni sempre qui a chiedere quello di Sara?» mi dice Franz dopo l'ennesima volta che vengo qui da Hobo a scrivere. Sì, uno mio a casa ce l'ho, anzi due in realtà, però ormai ho iniziato questo libro in questo posto e con questo computer, e non mi va di cambiare.

Stasera volevo parlarvi della mia storia più triste. Andavo ancora alle elementari. Era estate e facevo la bancarella in una piazza per passare il tempo e guadagnare un po' di soldi. Un giorno si mise a piovere, smontai tutto e mi rifugiai in una biblioteca lì vicino. Vidi lei per la prima volta: bionda, occhi azzurri, perfetta, e nacque subito un bel rapporto. Consuelo, che nome strano per una bambina! Aveva due anni in meno di me. Ci vedemmo Winnie the Pooh, le piaceva tanto. Dopo un po' smise di piovere e in cielo apparvero due arcobaleni (non uno ma DUE), e io e lei li osservammo dalla finestra felici. Il giorno dopo venne a farmi compagnia. Io così ingenuo e così felice. Parlammo, ci conoscemmo e iniziammo ad andare in spiaggia insieme. Non la spiaggia più frequentata e grande, perché mi raccontò che una volta una medusa lì aveva pizzicato il nonno. Quindi andavamo nell'altra spiaggia, meno estesa e conosciuta.

Poi partì, tornò nel Friuli Venezia Giulia, e sono stato ad aspettare un intero inverno per poterla rivedere solo per qualche giorno l'estate successiva.

E lei tornò, riprendemmo la nostra amicizia da dove si era interrotta. Una sera stavamo insieme sui gonfiabili al Campo Sportivo, sdraiati guardando le stelle. Me ne indicò una, la più luminosa, e mi disse quasi con le lacrime agli occhi che l'aveva dedicata al suo cane che era morto (ancora oggi quando alzo lo sguardo di notte mi viene da pensarci ogni volta). Venne di nuovo il giorno della sua partenza, ma non mi feci trovare impreparato: mi feci dare il suo indirizzo, così potevamo sentirci per lettere. Ci facemmo gli auguri di Natale e Pasqua, non necessariamente in tempo, ma cosa importava? Proseguì così per un anno o due. Una volta una lettera tornò indietro perché lei aveva cambiato casa, fortuna che c'era il nonno a Ventotene, le portò la lettera di persona e mi diede il nuovo indirizzo. Quando entrambi ci comprammo il telefonino ci scambiammo i numeri, però non so perché quando provavo a messaggiarla non rispondeva mai. Persi il suo numero, il suo indirizzo, persi tutto. Lei non tornò per diversi anni, o semplicemente tornò ma fui io a non averla più rivista. Mi convinsi che dovevo accettare di far rimanere questa storia nel passato. Un giorno, sempre per caso, mi capitò tra i suggeriti di facebook e le inviai la richiesta di amicizia. La accettò e iniziammo a messaggiare, io come sempre super entusiasta. Mi disse che sarebbe tornata a Ventotene, iniziammo anche il conto alla rovescia partendo dal mese prima. Feci fare per lei un portachiavi, con davanti la foto delle scale per scendere in quella spiaggia e dietro una frase:

«*Finalmente faremo queste scale di nuovo insieme*»

Lei tornò, ma si comportò in modo freddo e distaccato. Mi avvicinai, stava stesa sull'asciugamano e non si scomodò neanche per venirmi a salutare. Le lasciai il portachiavi nella borsa quando andò a fare il bagno. Qualche ora dopo mi scrisse un messaggio su facebook. Disse che aveva cambiato vita, che mi aveva tagliato fuori, che non ne facevo più parte, che per me non c'era posto, che il portachiavi faceva schifo. Così, da un momento all'altro, senza preavviso. Mi è crollato il mondo addosso. Così finiscono i sogni di un bambino. Nonostante il finale non proprio lieto, ogni Pasqua e Natale le faccio comunque gli auguri, purtroppo lei non mi risponde mai.

E neanche me la posso dimenticare, perché i suoi nonni vengono spesso a Ventotene, siamo in buoni rapporti e ogni volta che li vedo mi ricordano lei, per di più poco tempo fa si permisero di scherzare su questa che per me, nonostante tutto il tempo passato, è ancora una ferita aperta.

«Ho tanto rispetto per la tua ferita, e non sarei mai voluta essere la forbice che ti ha aperto questi punti... Sarei voluta essere una farfalla che delicatamente ci si appoggiasse e le riuscisse a rendere colorate, belle da vedere e non dolorose da ricordare. Questo lo custodirò con me, che ancora una volta mi hai dimostrato che persona meravigliosa sei. Vorrei alleviarti il dolore, ti canterei una canzone per scacciare i pensieri ma so che non basterebbe... Dimmi cosa posso fare per alleviarti questo dolore senza però allontanarti da me... E se è questa però l'unica soluzione mi farò da parte solo perché non voglio farti del male»

Lei

CAPITOLO XII

Rose, margherite e girasoli

Ai tempi dei social network i rapporti e le relazioni sono cambiati vistosamente. In meno di un mese ho incontrato una ragazza su instagram, siamo diventati amici su facebook, tramite whatsapp ci siamo conosciuti, è diventata una delle persone più importanti della mia vita e poi se n'è andata, appena è entrata in contatto con la parte più brutta di me. Il mio più grande rimorso è quello di non essere riuscito a nascondergliela, perché forse deve averla spaventata fino a farla allontanare e non me ne sono neanche reso conto. Volte in cui ci siamo visti di persona: 0. Incredibile! Altro che amore platonico alla Dante e Beatrice, loro almeno si erano incontrati.

«Trovo una ragazza su instagram, solo dall'immagine del profilo penso che abbia qualcosa di particolare, qualcosa di insolito, e inizio a metterle qualche like. Prendo quindi un vaso. Il prossimo passo è quello di inviarle qualche messaggio, sempre su instagram, con scuse che però possono essere fondate. Vedo che mi risponde, e anzi inizia anche lei a contattarmi, e da lì inizio a mettere a poco a poco la terra nel vaso. Lei poi trova un mio commento su un post di facebook, lo commenta a sua volta e la conversazione sfocia sulla chat privata. Penso: "cazzo, questa è la volta buona!" e pianto un bulbo di rosa nella terra. La conversazione continua abbastanza piacevolmente, e inizio quindi a innaffiare un po'. Lei mi da il numero di telefono, e penso giustamente che è arrivata l'ora di mettere anche un po' di concime, per far uscire meglio e più velocemente questa rosa.

Dopo giorni di conversazioni altrui, di scambi di pensieri e di "altro", vedo che finalmente sta uscendo qualcosa dalla terra. Poi lei mi dice quasi per caso che è fidanzata, e da lì scopro che il fiore che è uscito dal vaso è una margherita e non una rosa. Io ci rimango deluso, perché per l'appunto io ho piantato una rosa, mi aspetto giustamente una rosa ma invece è uscita una margherita. Preso quindi da un inspiegabile attacco di ira prendo il vaso e lo butto fuori dal balcone. Il giorno dopo, molto pentito per quello che ho fatto, cerco di incollare i cocci del vaso, di riammucchiare la terra e spero che la margherita non si sia troppo danneggiata. Ho pensato infatti che la margherita non è certo una rosa, ma è pur sempre un bel fiore, e oltretutto quella che è cresciuta non è una margherita comune»

Ornitorinco

Con lei ho avuto un sacco di piacevoli conversazioni, molto profonde, che mano mano sto affrontando anche con voi. Le raccontai la mia storia più triste e lei mi disse che grazie a me stava iniziando a germogliare un girasole giallo. Di quella margherita ora è rimasto soltanto il ricordo. La separazione da lei mi ha fatto molto male, anche perché era in contemporanea con i giorni successivi alla mia caduta dal motorino. Poi però l'ho superato, e come sempre sono riuscito a trovare il lato positivo, cioè quello di aver conosciuto, anche se per poco tempo e tramite cellulare, una persona eccezionale, fantastica.

«Ed anche le donne passano, qualcuna anche per di qua. Qualcuna ci ha messo un minuto, qualcuna è partita ma non se ne va»

Luciano Ligabue (*Niente paura*)

Forse è l'unica vera motivazione per la quale ho pensato di scrivere questo libro: lei aveva un diario su cui scriveva certi appunti che a volte inviava anche a me. Mi consigliava spesso di fare la stessa cosa, perché la aiutava molto, però io non credo che delle parole scritte su un quaderno che nessuno può leggere oltre a me siano molto utili, d'altronde il condividere con gli altri fa parte dei miei princìpi. Ed ecco qui, ho trovato il giusto punto di incontro. Grazie per avermi regalato una storia così bella da raccontare, e soprattutto grazie per esserti fidata di me a tal punto da mettere la tua anima nelle mie mani, che a quanto hai detto è la tua parte più importante. Spero che per te ne sia valsa la pena almeno la metà di quanto ne sia valsa per me. Di certo io farei la stessa cosa altre centinaia di volte, se mai dovessi tornare...

«E nelle notti serene e buie, un cielo stellato attira lo sguardo all'insù, tanti puntini scintillanti di luce propria, piccoli e distanti. Ma nulla possono davanti alla piena luna, la cui rara e vanitosa bellezza oscura gli impercettibili astri. Quale stolto si sofferma ad ammirare le stelle durante una notte di luna piena. E dunque ti chiedo, amico mio, dov'è quell'umano corpo aggraziato e femminile il cui splendore sovrasta tutto il resto, come può solo la luna con le stelle?»

Ornitorinco

CAPITOLO XIII

Uè uè 'o pallo'[9]

[9] Viva viva la mongolfiera (Coro cantato durante il gonfiaggio e il lancio delle mongolfiere)

«Donna Candida, questo capitolo è tutto per te»

Così direbbe Umberto, altro noto personaggio di Ventotene. Purtroppo per lei, il capitolo deve condividerlo con altra gente. Più precisamente con gli altri pallonari, e cioè i volontari che ogni anno si impegnano nella costruzione delle mongolfiere. Questo pezzo lo dedico a loro, che oltretutto sono anche miei buoni amici, sarà stata la colla oppure lo spago a creare questo legame così indissolubile?

«Aeee avit' fatt' 'sta cumpagnella[10] *??!»*

Luigi (un mio amico)

Sono tre anni che aiuto a realizzare le mongolfiere in onore della festa di Santa Candida. È quasi incredibile che da dei fogli di carta bianca lunghi un metro di larghezza e uno e mezzo di lunghezza possano uscire delle bestie colorate che vanno dai sei ai dieci metri.

Sono costituite da un certo numero di spicchi e il primo passo è quello di calcolarne la sagoma per poi tagliarli. Dopodiché questi ultimi si disegnano e si colorano uno ad uno.

[10] Avete creato questa compagnia?

Poi si procederà ad incollare gli spicchi colorati con il cosiddetto *attacco a fisarmonica*, se superano i sette metri in ogni attaccatura va inserito un filo di spago per tutta la lunghezza.

Si controlla che sia tutto attaccato perfettamente, poi si passa a rinforzare la cupola e la base della mongolfiera. A quest'ultima viene legato un *cerchione* di metallo leggero e cavo con un cestino al centro, che conterrà uno *stuppolo* fatto di pezze e carta, inbevuto di nafta e bruciato al momento del lancio per dare aria calda alla mongolfiera. Tempo di costruzione minimo per una mongolfiera di sei metri: una settimana. È facile capire quanto lavoro ci sia dietro, e quante persone servono a costruirle. Purtroppo non sono mai abbastanza e ogni anno si finisce proprio all'ultimo.

«Ma voi lo sapete domani che giorno è?»

Luigi

Il numero considerevole di persone che non aspettano altro che il momento del lancio per fotografare e guardare con il naso all'insù il volo e che fanno a gara per stare sotto il cerchione e per "aiutare" a gonfiare il pallone fa pensare molto.

Se una minima parte di loro regalasse anche un'ora del loro tempo per dare una mano si riuscirebbe a concludere in tempo e senza troppe ansie.

Però bisogna accontentarsi di quello che si ha, e in fondo non è poi così male. Anzi, come direbbe il buon vecchio Luigi: *"sta bene*[11]*"*.

Rosa: Mi raccomando scrivi anche di Luigi – non smette mai di dirmi

Io: Aaa certo che sei fissata tu eh?

Rosa: Certo che sono fissata! Luigi è Luigi. Unico e inimitabile. Lascia il segno.

Ora spero sia contenta Rosa. Ho scritto anche di Luigi, speriamo che sia contento anche lui. Però in effetti torto non ha, lui c'è sempre, soprattutto quando deve spiattellare qualcosa a Danilo (fidanzato di Candida).

«Oooooh e qui è scoppiata la coppia, e qui è scoppiata la coppia … Aaaa bravi, mo vi sit' mis' 'mmoc a 'nu paese sano sano[12] *… Candida, tu della Santa c'hai solo il nome»*

Luigi

[11] Modo di dire abbastanza ambiguo molto usato da Luigi per indicare che qualcosa va bene, ma soprattutto per ironizzare quando qualcosa va male

[12] Ora un intero paese parlerà di voi

Il caro Danilo però può star tranquillo, ovviamente sto scherzando, può stare certo che questa coppia non scoppierà, perché a parte l'amore che provano l'uno per l'altra, Candida sa bene che *"un infermiere in casa è sempre buono"* e poi tutti noi siamo coscienti del fatto che *"siamo un tantino in fila, prima c'è un esterno"*.

Candida, Rosa, Ilenia, Chiara vi ringrazio a nome di tutti per l'enorme impegno e disponibilità che ci mettete, anche a costo di tornare a casa molto tardi.

«Vulesse dicere "buonanotte" ma... 'n'atu poc' fa iuorno[13]»

Luigi

Potete sempre contare sul fatto che insieme a me ci sarà anche Luigi ad aiutarvi, perché lui *"ritornerà"*, sempre. Ora faccio una domanda al pubblico da casa, lo sapete il significato della parola *"poppiare"*?

«Ohh la vuoi finire o no? Basta zitto basta fine»

Luigi

[13] Vorrei dire buonanotte ma... tra poco sarà giorno

CAPITOLO XIV

I'm a fucking genius

Io non ho viaggiato molto (tranne che con la mente), sono andato solo una volta oltre confine, ma posso dire di averlo fatto con stile. Non sono mai stato molto legato alla mia classe alle superiori. Non è che nessuno mi fosse simpatico, però boh, non sentivo un forte attaccamento verso molti di loro. L'unico con cui sono rimasto in contatto è Luca, anche perché ci si poteva (e ci si può ancora) parlare tranquillamente. A volte ci vediamo a Formia, durante le mie discese da Roma. Lui è il genere di persona che puoi anche non vedere né sentire per tanto tempo, ma ogni volta che serve un conforto, una spalla, uno con cui sfogarsi, c'è sempre.

Il rapporto non idilliaco che avevo con buona parte della classe mi ha spinto a non andare in gita con loro l'ultimo anno. Avevo la possibilità di andare a Praga, però in effetti ho pensato che ci sarei potuto andare in qualsiasi momento con altre persone e pagando di meno. Ho preferito andare allo stage linguistico a Dublino, vivere un altro tipo di esperienza, con ragazzi di diverse classi, dormendo in una casa famiglia, studiando un po' la mattina e facendo attività didattiche il pomeriggio. Non mi sono mai pentito di questa scelta, è stato fantastico.

A partire dalla mia prima partenza in aereo, fin dal decollo, in cui ero eccitatissimo e non vedevo l'ora di staccarmi le cinture di sicurezza e alzarmi in mezzo alle nuvole.

Era lunedì, e dopo una prima serata di assestamento, il secondo giorno siamo usciti. Era il 17 marzo, festa di San Patrizio, con i carri e le carovane, con un sacco di ragazzi e ragazze che camminavano per strada con enormi boccali di birra quando noi ancora stavamo coi i cappuccini dello Starbucks. Per l'occasione mi feci truccare dalla madre della famiglia dove alloggiavo. Mi dipinse la faccia come la bandiera irlandese (verde, bianco e arancione) e mi regalò una parrucca degli stessi colori. Già mi sentivo uno di loro. Era un delirio, quasi come il carnevale di Rio, e io ero lì, stavo vivendo un momento che molti si sognano e che si deve fare almeno una volta nella vita.

Mercoledì, primo giorno del corso di inglese. Facemmo un gioco simile al Cluedo (naturalmente non in italiano) dove si doveva investigare su un omicidio e scoprire assassino, movente, arma del delitto e alibi degli altri sospettati.

Sono stato il primo ad arrivare alla conclusione, tanto che l'insegnante mi disse con espressione sorpresa *"You are a genius"*. Io la guardai negli occhi, sorrisi, mi sdraiai sullo schienale della sedia, intrecciai le mani dietro il collo e, con aria molto soddisfatta, replicai *"I'm a* fucking *genius"*. Lei si avvicinò a me e in silenzio mi disse scherzando in italiano *"fanculo"*.

Inutile dire che gli altri ragazzi si misero a ridere, e già mi feci riconoscere da gente che mi vedeva da due giorni. In quella settimana visitai tanti posti interessanti, tra cui la fabbrica della Guinness e il museo del Titanic.

Feci un sacco di figure di merda con irlandesi e italiani. La più colossale fu quella su un autobus mentre stavo parlando a voce abbastanza alta di argomenti molto *inopportuni* con alcuni del mio gruppo. Tanto dai, in fin dei conti chi è che mi avrebbe capito? Sarei dovuto essere proprio uno sfigato! I miei amici mi fecero segno di girarmi, vidi una ragazza che se la rideva. Io allora le chiesi se capiva l'italiano, lei rispose che era spagnola e che stava studiando la mia lingua, e che in pratica aveva capito ogni parola che avevo detto. Ormai era tardi tirarsi indietro, e quindi finii per provarci con lei, la invitai anche a venire con me nella casa dove ero ospite, pensate un po' che scena.

Alla fine mi propose di andare con lei (o almeno io avevo capito così), però si faceva più complicata, perché io non avevo ancora imparato a muovermi con i mezzi. Allora dovetti rinunciare.

Strinsi anche tante amicizie con persone che non ho visto più e che forse neanche rivedrò. Fra queste c'è il barista del pub dove andavo sempre a bere in compagnia di altri ragazzi, e che l'ultima sera mi regalò un boccale (vuoto) da 0.6 lt di Carlsberg.

E non dimentichiamoci di un simpatico anzianotto che si fece una foto con noi e quando gli dissi che sarei partito il giorno successivo mi salutò con le lacrime agli occhi e mi invitò a tornare il più presto possibile. Dublino, un paese dove tornerò sicuramente prima o poi, che mi ha lasciato il segno, e nel quale spero di aver lasciato anche un po' di me.

CAPITOLO XV

Genova tra mari e monti

Un'estate mi trovai a lavorare con due ragazzi che divennero subito miei buoni amici: Elsa e Matteo. Una faceva la cameriera come me e l'altro il barista. Abitano insieme a Genova anche se lei viene dal lago di Garda, e avevano una casa a Ventotene dove andavo spesso anche io. È nata un'amicizia speciale, di quelle che capitano poche volte nella vita. Con loro feci il mio primo giro dell'isola in canoa e la mia prima immersione.

Voi: tu che praticamente vivi su un'isola aspettavi della gente da Genova per fare tutte 'ste cose?

Io: Ebbene sì!

Dopo aver staccato dal lavoro andavo spesso da loro, li accompagnavo mentre portavano il loro cane Kiwi a fare i bisogni e facevamo le nostre serate artistiche all'insegna della pittura e della creatività. Quando invece eravamo più stanchi vedavamo un paio di puntate dei Griffin in tranquillità, tanto per ridere un po'. Trovarono un gattino randagio denutrito vicino a dove lavoravamo, se lo presero, lo chiamarono Lenticchia (in onore dell'omonino prodotto tipico di Ventotene), gli diedero da mangiare e se lo portarono a Genova. Sono andato due fine settimana a trovarli al Nord, ho passato dei giorni fantastici.

Quei viaggi in treno dove da metà percorso tra una galleria e l'altra si vedeva il mare e mi sentivo già a casa. La prima volta mi portarono all'acquario, poi mi convinsero a fare trekking a Pieve Alta, una sfacchinata di centinaia di metri in salita su una montagna. Ero stremato già a neanche un quarto di percorso (non ero molto in forma, e onestamente non lo sono neanche ora), ma un passo dopo l'altro riuscii ad arrivare in cima e ne valse la pena. Vedemmo un tramonto stupendo, di quelli con il sole che andava a dormire nel mare, con Genova vista dall'alto. Andammo a festeggiare la mia impresa andando a cenare in una casa-ristorante molto particolare dove si cucinano prodotti tipici e dove persone totalmente sconosciute mangiano allo stesso enorme tavolo. Facevano quasi impressione tutti quei quadri che ritraevano la proprietaria da bambina in compagnia di un sacco di persone famose, i muri erano completamente invasi.

La seconda volta andai sapendo che al mio arrivo saremmo ripartiti per il lago di Garda, però cambiammo programma all'ultimo e restammo a Genova. Poco male, feci comunque delle esperienze emozionanti. Facemmo di nuovo trekking, su un'altra montagna.

Ero più in forma della prima volta, ma non abbastanza, e riuscii comunque ad arrivare alla fine.

Facemmo anche un campeggio ai laghetti di Viganego, posto sperduto in mezzo a un bosco fitto dove non trovai laghetti ma c'era un fiume. Ci sistemammo in una casa di pietra attrezzata da un loro amico. Mi sentivo veramente in pace.

Anche loro, come i miei ex coinquilini di Roma, hanno preso un'altra uscita della mia stessa autostrada, e non ci siamo ancora incrociati. Quest'estate sarebbero dovuti tornare a Ventotene, ma boh... male che va a fine stagione andrò a fare un salto da loro.

CAPITOLO XVI

Goditi il silenzio

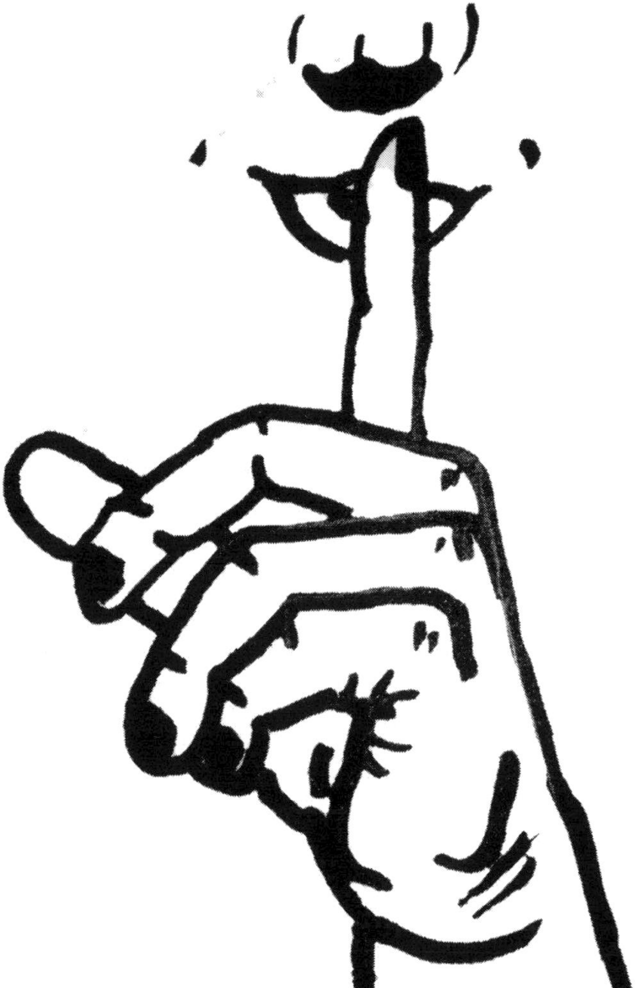

Sono diverse sere che accanto al mio posto di lavoro trovo Vincenzone (altro vero personaggio di Ventotene) a volte sveglio, a volte no. Devo dire di averci quasi preso gusto a condividere il mio scritto con lui, ma ora torniamo al libro.

Stamattina stavo cogliendo i capperi, mentre un calabrone mi svolazzava attorno saltando da un fiore all'altro. Riuscivo a sentire il suono delle sue piccole ali che, agitandosi velocemente, muovevano l'aria. Percepivo anche le fusa della gatta che si avvicinava pian piano per essere coccolata.

Lei: Io adoro troppo stare immersa nella natura....

Io: A chi lo dici, lontano dalle macchine, dai fastidiosi rumori della modernità, un vero e proprio inquinamento acustico. Clacson di macchine agitate e urla di automobilisti nervosi, sirene di ambulanze, vigili del fuoco e forze dell'ordine. Per non parlare di tram, treni e metro. Musica ad alto volume da per tutto, altoparlanti dei camionetti che fanno pubblicità ai circhi. Starei seduto ore e ore su una scogliera, mentre le onde del mare sbattono incessanti contro le rocce.

O in un bosco, mentre sento il vento che soffia tra le foglie, gli animali che avvertono la mia presenza e se ne scappano tra i cespugli, i cinguettii degli uccelli che svolazzano e si chiamano da un ramo all'altro degli alberi, l'acqua che scorre nei laghi, nei fiumi e nelle cascate…

Ok basta, mi è salito l'attimo da scrittore.

Lei: Mi leggi nel pensiero?? Io se potessi mettere il suono del vento tra le foglie su tela o su un foglio con una semplice poesia starei sempre a fare questo. E poi con l'aggiunta del mare sì, tutto assume un qualcosa di magico. – più mi viene da pensare a questo messaggio e più sarei curioso di vedere un'opera simile.

Stress, stress, stress. Dopo un po' non ce la fai più, devi scappare da questo mostro rumoroso. Devi ritirarti nelle campagne, nelle praterie, nei posti sperduti, dove gli unici suoni che puoi sentire sono i versi degli animali da allevamento: cani, gatti, mucche, maiali, cavalli, galline, galli... Forse hanno ragione quelli che dicono ogni volta che *"si stava meglio quando si stava peggio"*. Non so se la modernità ci abbia dato più di quanto ci abbia tolto.

Noi abbiamo bisogno anche del silenzio, abbiamo bisogno di poter ascoltare la vita. Abbiamo bisogno di non essere influenzati da tutti questi rumori. Ma attenzione! Il silenzio è una medicina che va presa nella giusta dose, né troppa né troppo poca. Se ne prendi troppa rischi di perdere il contatto con la realtà, rischi di isolarti troppo in un Mondo tuo, e questo non va bene, perché (purtroppo o per fortuna) questo Mondo lo condividi necessariamente e obbligatoriamente con altre persone, che tu lo voglia o no.

«Sto tutto me e me stesso»

Ornitorinco

Se ne prendi troppo poca non riesci più ad ascoltare i tuoi pensieri, e quindi rischi di perdere la tua personalità. C'è bisogno di equilibrio. Io amo il silenzio, abbandonarmi ai suoni della natura, ma amo anche la musica, andare a ballare in discoteca, parlare con la gente.

Ricordo che un pomeriggio io e i miei ex coinquilini andammo sul tetto del nostro palazzo di sei piani e ci sedemmo sul cornicione in silenzio, ascoltando il caos della città ai nostri piedi. La tangenziale, con le macchine che passavano continue, e sotto due corsie per le macchine e due per i mezzi pubblici. La gente che camminava freneticamente sui marciapiedi e che attraversava le strade.

Nonostante il mio strano fastidio per la città, tutto questo mi piaceva, vedere tutti quanti dall'alto, mi divertiva indovinare da dove derivavano i rumori che non riuscivo a vedere e da cosa erano provocati. Ormai anche questo fa parte della vita di tutti i giorni, e dato che non puoi estraniartene completamente, tanto vale che te lo godi.

«È dolce, quando sul vasto mare i venti turbano le acque, assistere da terra al gran travaglio altrui, non perché sia un dolce piacere che qualcuno soffra, ma perché è dolce vedere di quali mali tu stesso sia privo»

Lucrezio (*De rerum natura*)

Pause

In ogni film visto su dvd o sul computer c'è la possibilità di mettere in pausa per uscire e prendere una boccata d'aria. Dato che la vita può essere considerata un film, inserisco una parte che si stacca "apparentemente" dal racconto, che funge da pausa. Seguono conversazioni avvenute per caso (ma nella vita nulla succede *per caso*, e per questo ve le scrivo) che mi sono rimaste impresse nella mente.

Lei: Io ho pensato più volte a come sarebbe sfiorarti...

Io: E cosa ti sei immaginata?

Lei: Che sarebbe stata una bella sensazione sfiorarti le mani... Una sensazione che non ho ancora avuto il piacere di provare. Perché riesco a sentire qualcosa nelle mani... Un contatto molto particolare... tutta l'energia concentrata nelle mani... Non so come spiegarlo. Anche con la voce, con gli occhi, e penso che con la persona giusta si apra l'universo...

Io: Gli occhi sono una categoria a parte.

Lei: Forse è un richiesta un po' sconcia... mi fai sentire la tua voce? - Le invio una nota audio su whatsapp, poi mi risponde - *La tua voce mi ha trasmesso dolcezza e timidezza allo stesso tempo, non è stata né una brutta percezione né scontata.*

***

Io: Mi sono tornati dei demoni del passato.

Lei: Piano piano i demoni cerchi di distruggerli...

Io: I demoni si possono anche distruggere, però non diventano gattini e ogni tanto (seppur raramente) si ripresentano.

«La memoria è un mostro: tu dimentichi, essa no. Archivia le cose, ecco tutto. Le conserva per te, o le nasconde e le richiama, per fartele ricordare, a sua volontà. Credi di avere una memoria. Ma è la memoria che ha te»

John Irving

***

Federico: ma perché sudo?

Io: Perché fa caldo.

Federico: E perché fa caldo?

Io: Perché c'è il sole.

Federico: E perché c'è il sole?

Io: Perché qualcuno l'ha lasciato acceso.

«Vittime di un sole incandescente, che incessante e impietoso brucia sulle nostre teste, e di un pigro vento che non ha voglia di soffiare sui corpi accaldati per fornire un po' di sollievo»

Ornitorinco

***

Lei: Secondo te la perfezione nell'essere umano esiste? E anche se esistesse saremmo in grado di accorgercene?

Io: A dir la verità questa è una domanda che mi sono posto molto spesso, però non ho mai pensato a una risposta. Se vuoi te la do così su due piedi.

Lei: L'uomo tende sempre a vedere il bicchiere mezzo vuoto, a non valorizzare la bellezza, il talento, tende sempre ad essere superficiale e buttare fango su tutto... Almeno l'uomo contemporaneo, o meglio, almeno una parte, la maggioranza.

Io: L'uomo tende anche a fare di tutta l'erba un fascio, anche se hai ragione: in mezzo a tutto il fascio c'è solo una piccola parte di erba che si salva.

Lei: E il brutto è che si sentirà sempre fuori posto, quando in realtà si trova in linea perfetta con tutto... tranne che con l'uomo stesso.

Io: A me è capitato molto spesso di sentirmi fuori posto, e la cosa più banale, semplice ma anche più funzionale da fare è spostarsi. Cambiare posto, cambiare compagnia, Finché non trovi un posto, una compagnia dove non ti senti più fuori posto, dove ti senti te stesso.

Lei: Comunque anche questo che hai detto, dello spostarsi, di trovare la pace, è tanto facile quanto difficile... Dipende sempre da persona a persona, sto cazzo di cervello che io 'sto studiando... È complesso, e cagacazzo e può essere un grande nemico... Ma ce lo metti quando dipingi, è come se in quell'attimo tu lo stessi studiando.

Io: No, è diverso, io lascio che il mio cervello agisca, lascio che faccia quello che deve fare, non lo freno, e me ne sbatto. A me non interessa come funziona il cervello, a me basta che funzioni.

Lei: Vedi, qualcosa di diverso lo abbiamo.

Io: Mica siamo fatti con la fotocopiatrice.

***

Cristoforo: Sai, tu potresti andare a Sanreme[14]*. Io ci sono andato due anni fa, Pippe Bande*[15] *mi ha rovinato, non mi ha fatto superare il provino.*

[14] Il modo in cui Cristoforo chiamò Sanremo

[15] Il modo in cui Cristoforo chiamò Pippo Baudo

Io: Io non so cantare, cosa ci vado a fare? Tu invece sì? Allora cantami qualcosa mo mo[16].

Cristoforo: "Scrivo una lettera per te, tanto tu la strapperai. Scrivo due lettere per te, tanto tu le strapperai. Scrivo tre lettere per te, tanto tu le strapperai…"

Candida: Quanto dura ancora 'sta canzone?

Cristoforo: Ma scusa continuo a scriverle lettere finché non si convince, mi pare ovvio.

***

Me: Oh fra'

Io: Dimmi

Me: L'hai vista?

Io: Chi?

Me: Ma come chi? Lei!

Io: Ah sì, minchia ma sei affezionato pure a quella?

Me: Eh sì, ma che ci posso fare, sono così io…

Io: Ah già. Beh allora vai a salutare

Me: Oddio, oddio, il battito è di nuovo accelerato

[16] In questo preciso momento

Io: Eh beh, è una vita che non la vedi, sei felice. Dai approfittane ora che sta ballando

Me: Ma come? Non so che dirle

Io: Non ti preoccupare, le parole non servono, vai ora che sta facendo un selfie con l'amica, aggiungiti e vai in mezzo a loro

Me: Minchia fra' sei un genio, vabbe' vado

Io: Ti hanno visto dallo schermo del telefonino, si sono accorti di te

Me: MI STA ABBRACCIANDO, MI STA ABBRACCIANDO

Io: Sta' tranquillo, mantieni la calma, non staccarti

Me: Il cuore sta battendo a mille, cazzo cazzo cazzo

Io: Lo sento anche io, stupido, però calmati ora

Me: …………… <u>TILT</u> …………

CAPITOLO XVII

E se la vita fosse un sogno?

E' tornata a Ventotene. La bambina della mia infanzia è tornata sull'isola. Certo ora non è più bambina, è una ragazza. E' tornata qualche giorno dopo aver scritto di lei. L'ho scoperto su Facebook: luogo dove l'avevo ritrovata. Coincidenza?

Non so bene se il caro Mark Zuckemberg debba essere condannato o benedetto per aver inventato questo social network che ha sicuramente cambiato la vita di milioni di persone (in positivo e in negativo), ma questa è un'altra storia.

La vita è strana. Ci riserva sempre un sacco di soprese, alcune inaspettate e altre ancora di più. A volte mi faccio delle domande, mi piace fantasticare sul perché di certi avvenimenti, ma non riesco mai a trovare una risposta concreta.

Emanuel: Sapreste descrivere in una sola parola che cos'è che vi piace di più della vita?

Io: Certo, per me la parola giusta è "Imprevedibilità"

Me: Ah sì?

Io: Eh sì. Questa risposta l'ho maturata da poco. Da quando ho capito che la vita ti riesce sempre a sorprendere. Nel bene e nel male. Può essere che è il periodo più brutto che stai vivendo, però poi succede qualcosa di bello e la tua prospettiva viene completamente ribaltata.

E può essere anche l'esatto contrario, cioè in un bellissimo momento accade qualcosa che invece all'improvviso ti butta giù. Come un'altalena o una montagna russa, come lo yin e lo yang.

«Il bene e il male non sono assoluti, sono concetti relativi»

Ikeda

Libeika: Anche io ho una risposta, però non la dico perché è troppo personale.

Io: Beh però già saperlo è un passo importante

Libeika: Beh ma è ovvio che lo so.

Io: Ma non darlo per scontato, molti non saprebbero rispondere.

Libeika: Io credo che chi non è in grado di rispondere a questa domanda non abbia ancora capito che è sulla Terra, che vive e che deve dare un senso alla sua vita. Ne ho visti molti che non hanno proprio pensiero della propria vita, cioè vivono per quella altrui. È una cosa assurda guarda

Io: Hai pienamente ragione. Anche io la penso così e anzi è proprio quello che cercavo di dire. Chi non sa rispondere a questa domanda dà la propria vita per scontata, non se la gode, e in casi estremi neanche vuole viverla

La vita è come uno spettacolo di marionette dove il marionettista ogni tanto si lascia scappare i fili di mano provocando effetti imprevedibili. È come un sarto che tesse una trama con una macchina da cucire difettosa difficile da controllare, che fa un po' come le pare.
È come un libro scritto con una macchina da scrivere a cui mancano dei tasti. È come un fumetto ideato da un vignettista dopo svariati bicchieri di alcool (Attenzione, ogni riferimento *non* è puramente casuale)

«La vita è la più grande ubriacatura, mentre stai bevendo intorno a te tutto gira e incontri un sacco di gente, ma quando passerà non ti ricorderai più niente»

Alessandro Mannarino (*Vivere la vita*)

Ma se la vita fosse ognuna di queste cose? E se invece non fosse nessuna di queste? Ma se invece la vita fosse un sogno?

Questa è l'ipotesi che mi piace di più, e ve la ripropongo sotto forma di citazione che inventai dal nulla in un momento di "strana" ispirazione:

«La vita non è altro che un sogno infinito. Mi sono addormentato nella mia stanza esagonale piena di fotografie e dipinti, probabilmente dopo essermi sballato con dell'oppio asiatico di ottima qualità. Ho lasciato il giradischi acceso. Ora vivo, lasciando che la musica mi faccia da piacevole colonna sonora, ma in realtà sto sognando. Mi sveglierò prima o poi, ma spero il più tardi possibile, perché in quel momento tutto questo finirà»

P.S. per i malpensanti: ovviamente non ho mai fatto uso di alcuna *roba* asiatica, com'è vero che non possiedo alcuna stanza esagonale (per ora).

«I sogni sono sprazzi di vite non vissute»

Ornitorinco

Lei: Bisogna sempre distinguere tra sogno e realtà caro mio.

Io: Certo cara mia che nella realtà non esiste una fata turchina che svolazza e ti realizza i sogni. E, piccolo consiglio, se in giro vedi un vecchio ubriaco che ti insegue tutto vestito di azzurro non è certamente la fata turchina e non vuole assolutamente realizzare i tuoi sogni. Questi li devi realizzare tu.

Lei: Il mondo è pieno di opportunità, e logicamente senza impegno e dedizione tutto resta nullo. Hai ragione, fare la psicologa non è il mio sogno... Non sto nemmeno qui a dirti qual è. Però una cosa l'ho capita nei momenti di sconforto: che le passioni sono ancora più gioiose e costruttive dei sogni, ti fanno evadere, e rimangono pure, senza macchie. Non me la sento di mandare a fanculo tutto (metaforicamente parlando), anche se qualche volta ci ho pensato, ma alla fine quello che faccio a livello professionale mi dà gioia, e mi insegna molte cose...

«Se puoi sognarlo puoi farlo»

Walt Disney

«A parte che i sogni passano se uno li fa passare, alcuni li hai sempre difesi, altri hai dovuto vederli finire»

Luciano Ligabue (*Niente Paura*)

Certo io non sono propriamente un sognatore, più o meno da quando ho smesso di credere in Babbo Natale, nella Befana, nel topolino o fatina dei denti, in qualsiasi superstizione possibile. Però non sono neanche un perfetto realista, perché la vita è talmente troppo inaspettata che è quasi impossibile conoscere la realtà dei fatti, e anche se fosse non voglio saperla, preferisco sapere il giusto, preferisco non sapere, per rimanere sorpreso, meravigliato, ma anche deluso.

Preferisco sperare che qualcosa accada, piuttosto che calcolare quante probabilità ci siano che avvenga. Sennò dove sarebbe il bello?

Dato che la vita può essere anche una partita a scacchi con un avversario molto abile, io da bravo giocatore ho provato ad anticipare le sue mosse. Sapendo che la bambina della mia infanzia era tornata a Ventotene, ho pensato che la cosa più incredibile che potesse succedere fosse quella di ritrovarmela davanti il giorno dopo al Brigantino.

Quindi per prepararmi a tale occasione ho deciso di andare a lavoro con una delle mie magliette preferite. Indovinate cosa è successo? È scesa a fare colazione, e naturalmente ci siamo visti...

«Che responsabilità si hanno nei confronti degli esseri umani che ti vivono accanto e attraverso questo vetro vedo il mondo come una scacchiera dove ogni mossa che io faccio può cambiare la partita intera ed ho paura di essere mangiato ed ho paura pure di mangiare»

Lorenzo Jovanotti (*La linea d'ombra*)

CAPITOLO XVIII

Battiti

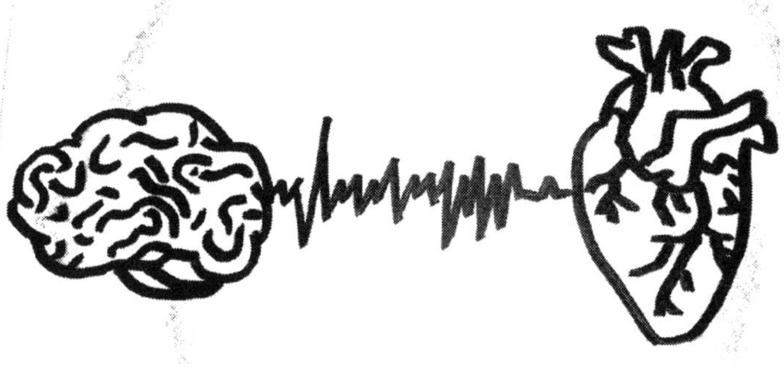

Oggi questo fantomatico avversario di scacchi ha fatto una mossa del tutto inaspettata, mi ha completamente spiazzato. La ex bambina della mia infanzia è venuta a pranzare con i parenti e ho dovuto servirla come se non fosse successo nulla. Inutile dire che il clima era pieno di imbarazzo, non so dire se qualcuno oltre a me se ne sia accorto, e non so neanche se lei abbia provato le stesse cose che ho provato io. Sta di fatto che dopo un momento di confusione iniziale ho reagito come sempre e ne sono uscito indenne. Sono successe strane cose in effetti, ma forse è stata solo una mia impressione. C'è da dire però che il karma stasera mi ha premiato: lo chef ha deciso di regalarmi un bel piatto di ravioli ripieni con la crema di asparagi, il mio piatto preferito tra i suoi. E come se non bastasse ho mangiato anche un tortino al cioccolato e panna che era troppo piccolo per essere servito ai clienti. Mi sono consolato e anche se dopo ho avuto molto bisogno di un digestivo ne è valsa assolutamente la pena.

Me: Se non fosse per questi appunti giornalieri durante il racconto la lettura risulterebbe troppo pesante, e poi questo non deve essere un libro vero e proprio.

Io: Si ma jamme, facimme ambress', sinnò 'sta storia nun fernesce cchiù![17]

[17] Si ma dai, facciamo presto perché altrimenti questa storia non finisce più

Comunque sono rimasto molto segnato da questo incontro ravvicinato con lei. In quel momento non riuscivo a regolare il battito cardiaco.

Io: Ciao ragazzo.

Me: Ehi bello, come va?

Io: Tutto bene, tu?

Me: Beh, insomma...

Io: Cosa c'è che non va?

Me: Non mi riesco a togliere un dilemma dalla testa…

Io: Dai parla, magari ti aiuto.

Me: Ma secondo te la felicità è misurabile?

Io: Certo che sì!

Me: Ma come fai a esserne così sicuro? In fondo è una cosa astratta.

Io: Beh certo non si può misurare con precisione, ma ti ripeto che è misurabile.

Me: E come si fa?

Io: Con la velocità dei battiti.

Me: Battiti di che cosa?

Io: Elementare mio caro amico, battiti del cuore, come un metronomo.

Me: Spiegati meglio che non ti seguo.

Io: In pratica quando sei felice il tuo cuore batte più veloce, giusto? Più batte velocemente e più sei felice.

Me: Beh ma il cuore batte anche quando sono arrabbiato, impaurito, ansioso, triste, innamorato ecc.

Io: Infatti anche tutte queste cose si possono misurare con i battiti del cuore.

Me: Minchia oh, quindi 'sto cuore è molto importante!

Io: Neanche più di tanto.

Me: Ma come scusa?

Io: Il cuore non è altro che uno strumento.

Me: Uno strumento?

Io: Sì, il cuore è comandato dal cervello.

Me: Beh ma scusa, pompa il sangue nelle vene, questo non è il cervello che glielo comanda.

Io: No di certo, ma è solo un'azione automatica e involontaria, un po' come respirare.

Me: non sono convinto.

Io: Se ci pensi, il cuore batte più veloce quando provi sentimenti come felicità, rabbia, tristezza, paura, amore ecc. Però non è il cuore a provare tutte queste cose, è il cervello. Facci caso: la parola "sentimento" è formata da "senti" e "mento", tradotto molto alla cacio e pepe vuol dire che è la mente che li sente.

Me: E quindi tutte quelle immagini e poesie in cui fanno del cuore il protagonista dell'amore?

Io: Tutte cazzate, come Babbo Natale.

Me: Ma davvero? Io spero che non sia così.

Io: Tu puoi pensarla come vuoi, anzi non voglio influenzarti.

Me: Ma come facciamo a pensarla diversamente se siamo la stessa persona?

Io: Saremo anche la stessa persona, ma io sono la parte più oggettiva e razionale, tu sei quella più creativa.

Me: Wow, non ci avevo mai pensato.

Io: Eh beh, chissà a quante altre cose tu non pensi… ora stai un po' meglio?

Me: Sì, grazie mille.

Io: Prego fra', ora vai a ballare!

CAPITOLO XIX

Dal mare al cielo

Dopo la maturità decisi di farmi un regalo molto particolare, un lancio con il bungee jumping. Stavo cercando emozioni forti, volevo scaricare l'ansia da esami, volevo fare qualcosa di pazzo per segnare la fine di una parte della mia vita e l'inizio di una nuova. Purtroppo per dolori fisici dovetti rinunciare, e il bisogno di adrenalina andò piano piano svanendo. Fino a che i miei amici di Genova mi convinsero a fare l'immersione. Certo non è lo stesso tipo di attività, ma al momento mi è bastata. Una cosa pazzesca, sott'acqua mi sentivo perfettamente a mio agio. Certo non sono sceso a una profondità assurda, saranno stati massimo otto metri. Ebbi però la fortuna di vedere diversi tipi di pesci, tra cui anche un banco di barracuda. Mi meravigliavo anche vedendo soltanto dei comuni sconcigli e delle stelle marine. Furono minuti pazzeschi, che passarono anche troppo velocemente, ero felice come un bambino al suo primo Natale. Un' emozione incredibile, che mi fece venire la voglia di prendere il brevetto da subacqueo, che però per diversi motivi non ho ancora preso. Mi sono ripromesso che appena avrò un po' più di tempo e voglia mi impegnerò e farò anche questo passo, perché indicherebbe il raggiungimento di un altro dei miei piccoli obiettivi. E così soddisfeci (momentaneamente) il mio bisogno di adrenalina.

Un qualcosa di improvviso, pochi mesi fa, riaccese in me la voglia di sentire il cuore in gola.

Mi capitò per puro caso sulla bacheca di Facebook un video di Will Smith che raccontava di essersi lanciato in tandem (cioè con un esperto attaccato dietro) in paracadute. Ebbe questa pazza idea durante una serata in compagnia di amici e birre buone. Disse che non ha dormito per tutta la notte precedente, che venne assalito dalla paura quando il portellone dell'aeroplano si aprì, ma quando si buttò essa svanì e si trasformò in gioia. Io che già volevo fare qualcosa del genere, fui incuriosito da questa nuova avventura e il giorno dopo prenotai subito il mio lancio a Skydive The Drop, vicino Terracina. Fu un'esperienza fighissima, mi vennero a prendere persino alla stazione. Dopo aver compilato e firmato delle scartoffie d'ordinanza e dopo un breve briefing su quello che avrei dovuto fare una volta in alto, aspettai un po' ed ero pronto per compiere questa folle impresa. Salii sull'aeroplano con una tuta rossa e imbracatura stretta, insieme al signore che avrebbe dovuto buttarsi attaccato a me, al ragazzo che mi avrebbe fatto il video, a un anzianotto bello pimpante che doveva lanciarsi da 1000 metri (io mi sono lanciato a 4000) e naturalmente al pilota.

L'aeroplano continuava a salire, riuscii a scorgere il mare con tutte le isole ponziane (tra cui la mia amata Ventotene) e non vedevo l'ora di scendere. Credevo che la paura mi avrebbe assalito da un momento all'altro, ma non si è proprio fatta vedere.

I portelloni finalmente si aprirono, uscimmo e ci buttammo in caduta libera per una quarantina di secondi. Il vento che ci veniva contro, oppure noi che gli andavamo contro. Non sentivo più nulla ma ero gasatissimo, vedevo la terra che si avvicinava sempre di più ma, come sott'acqua, ero perfettamente a mio agio. Poi il paracadute si aprì, la discesa rallentò di colpo, e a un certo punto mi vennero affidate le redini del paracadute, lo stavo controllando io! Atterrammo e avevo la voglia di risalire sull'aeroplano e ributtarmi di nuovo, e lo rifarò sicuramente prima o poi. Tutti gli addetti ai lavori, stupiti dalla mia tranquillità in cielo nonostante fosse stata solo la prima volta, mi consigliarono di fare addirittura il corso di paracadutismo per potermi lanciare da solo. E ora ho un altro obiettivo nella vita che devo assolutamente raggiungere.

CAPITOLO XX

Scacco al re

Stavo perdendo la partita, per colpa della *rughetta*. Ovviamente non è la ragione principale, ma è giusto per scherzarci su, anche se non ci sarebbe niente da ridere. Ho fatto un'altra caduta col motorino, la seconda, a meno di tre mesi dalla prima. Certo sono totalmente diverse, anche se in entrambe ho distrutto il mezzo, e dopo aver già speso un bel malloppino per farlo riparare a inizio estate ora non so che fine fargli fare. Stavolta ero lucido, e quindi forse è anche peggio. La causa principale della caduta stavolta non è stato l'alcool ma la mia cattiva abitudine di correre, di andare veloce (e lo ammetto in tutta sincerità, anche perché negarlo sarebbe da stupidi). Non so bene perché lo faccio, o meglio perché lo facevo, forse perché vado di fretta per arrivare prima, o semplicemente perché mi piace. Non ho scuse, me ne assumo ogni responsabilità, e sono pronto a pagare il prezzo per questo gesto sprovveduto. Certo è che non sono stato molto fortunato, e infatti c'è stata una serie di sfortunati eventi:

Se non avessi dovuto accompagnare a casa un ragazzo e poi andarlo a prendere, non avrei dovuto staccare un attimo dal lavoro per salire.
Se non mi fossi dimenticato di mettermi la canottiera, non sarei dovuto arrivare fino a casa per mettermela, e quindi non avrei dovuto fare quella strada.

Se avessi sistemato meglio il bustone di *rughetta* e lo zaino sul motorino davanti alle gambe, non mi sarei dovuto concentrare per cercare di non farli cadere.
Se non mi fossi trovato in curva e in discesa, avrei visto quello che c'era davanti a me.
Se non ci fosse stata una signora in mezzo alla strada che stava spazzando, non avrei dovuto fare di tutto per evitarla, e quindi non mi sarei impanicato.
Ma il *se* più importante di tutti è che *se* io non fossi andato così veloce avrei avuto il tempo per rallentare, frenare, schivare la signora e non far cadere busta e zaino e a quest'ora il motorino sarebbe stato ancora integro.

Antonio: Ehi caro, com'è che non ti fai più vedere? Stai sempre a ballare, eh brutto porco?

Io: No in realtà non sto più andando in giro, esco solo per venire a lavoro

Antonio: Ma perché? Sei stanco?

Io: Anche, ma soprattutto perché l'altro giorno sono scivolato col motorino e l'ho rotto di nuovo

Antonio: L'importante è che tu stai bene

Io: Sì ok, ma io a parte qualche graffio sto bene, è il mezzo che sta male, per la seconda volta in una sola estate

Antonio: Non ti preoccupare del mezzo, pensa più che altro a guarire

Io: E sì che mi preoccupo, se ho già dovuto spendere un bel po' di soldi pochi mesi fa e ora il motorino è ancora distrutto, e poco prima del mio trasferimento a Roma

Antonio: I soldi vanno e vengono, non ci pensare

Io: Invece ci penso e come, perché i soldi verranno molto dopo che le mie ferite (almeno fisiche) si saranno risanate.

C'è da dire che la rughetta che ho portato al ristorante è servita molto. Ritorna la mia capacità di vedere il bicchiere mezzo pieno. Inoltre c'era il rischio di investire la signora e di fare una caduta peggiore, tipo se ci fosse stata anche una macchina che veniva verso di me. Insomma, sarebbe potuta andare meglio ma sarebbe potuta andare anche molto peggio, avrei potuto perderci la vita. Sta di fatto che non mi sono abbattuto. Non mi potevo abbattere, avrei rovinato sia presente che futuro.

Sono tornato al lavoro il prima possibile, disinfettato e medicato, con tutti i dolori dovuti alla caduta. Non sono un supereroe, ma era il minimo per apparare anche solo minimamente alla cazzata colossale che ho fatto. Ora sono senza motorino, non sono più indipendente, devo trovare passaggi o chiamare per farmi accompagnare a casa o a lavoro, ma me lo merito.

Spero mi serva da lezione per non correre più non solo col motorino, ma con qualsiasi altro mezzo mi capiti sotto mano, che sia una bicicletta o che sia una macchina. Mi scuso con tutti coloro a cui ho recato disagio, spero mi perdonino *anche* di questo.

Comunque sia, per quanto riguarda lei, caro avversario, stia tranquillo, non ha ancora fatto scacco matto e forse mai lo farà. Il mio Re non è ancora caduto, anche se non c'è più la Regina a difenderlo.

CAPITOLO XXI

Buona fine e buon inizio

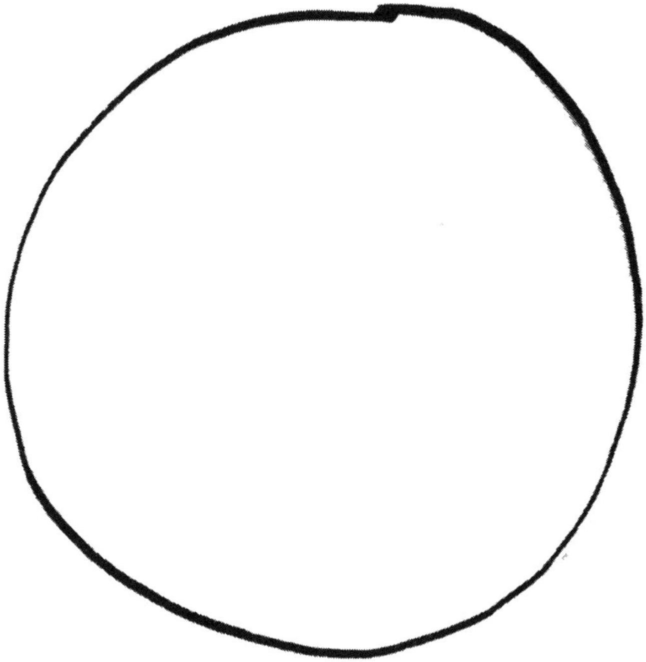

«L'immagine che mi viene in mente quasi ogni giorno è quella di un Monaco zen che si siede nella sua cella, prende un bel pennello, lo intinge nel mortaio dove ha sparso la china e con grande concentrazione fa un cerchio che si chiude. Ma un cerchio non fatto con il compasso. Un cerchio fatto con l'ultimo gesto della mano su questa Terra. La vita si conclude… è questo il cerchio che ora io cerco di chiudere»

Anche qui prendo spunto da Tiziano Terzani. Lui inizia così il finale del suo libro "la fine è il mio inizio", e io non potevo fare altro che imitarlo per poterlo omaggiare ancora una volta.

Siamo giunti alla fine di questo mio viaggio introspettivo che ho voluto condividere con voi. Adesso sto a Roma, ho iniziato la mia nuova vita. Devo dire che è abbastanza strana e complicata. Proprio quando sono convinto che tutto giri per il meglio, accade sempre qualcosa di inaspettato, magari anche solo la vibrazione di un battito d'ali (proprio come spiegato in precedenza) e a un certo punto la mia pace interiore trema come una foglia durante la tempesta. Il mondo in cui a volte mi rifugio (non per scappare dai problemi, ma per cercare una soluzione) è diventato un campo minato di incertezze.

Cerco di correre ai ripari, ma senza che me e accorga mi assale l'immagine di quell'oblio in fondo al pozzo. Quel pozzo che ho sprangato per non ricaderci, ma qualcosa l'ha riaperto. Qualcosa di esterno, qualcosa che non mi aspettavo.

Mi viene solo da pensare che il mio avversario ha compiuto un'altra delle sue maledette mosse. Cerco di non ricaderci di nuovo. È davvero brutto quel posto, buio e umido. Rimango avvinghiato con le unghie ai mattoni, ma lo strato di melma è troppo viscido. Non cedo. Le energie cominciano a mancarmi. Non posso cedere. Mi basta resistere quel tanto che basta per trovare la corda di sicurezza. Ce la farò, il fondo del pozzo non voglio più toccarlo.

Io: Ma la finisci di lagnarti ogni volta?

Me: Oh ma che "pozzo" vuoi?

Io: Datti un contegno. Hai 12 anni o ce ne hai 21?

Me: Ma che c'è? Non posso star male?

Io: Ma che stai male e stai male. Tu stai più che bene. Sei stato stupido, ci sei ricascato ancora.

Me: Ma che dici?

Io: Ma dai, si vede un miglio che ti sei affezionato ancora.

Me: Non sono fatti tuoi, lasciami in pace. Che ci posso fare se il cuore ha ripreso a battete come un metronomo impazzito?

Io: E riprenditi, stai vivendo o no la vita che volevi? C'è chi sta molto peggio di te. C'è chi ha dei veri problemi.

Me: Io penso a me, non agli altri.

Io: E allora pensa pure che l'esperienza che stai vivendo ti sta aiutando a crescere.

Me: Sì ma a che prezzo?

Io: Smettila! Sei un adulto! I sacrifici vanno fatti. Poi te ne gioverai.

Me: Voglio giovarmene ora.

Io: Abbi pazienza. Beh, se non altro hai ricominciato a scrivere.

Me: Eh sì, non mi dici più di smetterla ora eh?

Io: Basta che scriva cose sensate, e non deprima i lettori. Ricordati che noi dobbiamo guardare sempre il bicchiere mezzo pieno. E poi non tutti hanno la fortuna di aver trovato lavoro, e per di più vicino casa. Non darlo per scontato.

Me: Sì ma lavoro qui solo per puro caso.

Io: Oh ma una volta tanto che qualcuno ci aiuta nella partita a scacchi, ci sputi pure sopra?

Me: Forse è come dici tu.

Io: È come dico io, senza forse!

Mi stanno succedendo tante cose ultimamente. Ho trascorso le mie prime vacanze di Natale a Roma, lavorando e stando lontano dalla famiglia. Ho conosciuto tanta gente, ma gran parte di loro sono tutte foglie, e sono sicuro che concluso questo percorso neanche me le ricorderò. Sarà un pensiero un po' egoistico e affrettato, però devo pensare prima di tutto al resto del mio albero. Di davvero positivo c'è che sono cresciuti sicuramente almeno un paio di rami.

Intanto in questo frangente con una scusa non banale ho aperto un piccolo buco nel muro che *lei* ha alzato verso di me, e piano piano sto riuscendo ad abbatterlo.

Libeika: Io non sono ancora riuscita a capire perché vi siete allontanati, che tipo di rapporto era il vostro e che cosa l'ha fatto spezzare completamente. Non so di chi sia la colpa, però so perfettamente che le cose si fanno in due. Anche se me lo dici, credo che non riuscirei comunque a capire, perché sono cose che hai provato tu.

Io: Purtroppo non so esprimermi bene, e questo hai avuto modo di capirlo anche tu. Il metodo più efficace che ho è da sempre quello di utilizzare delle metafore.

Mi riaggancio al tanto famoso albero della vita, nella quale le persone che incontri e conosci vanno divise tra foglie, rametti da potare e rami portanti (che a causa di forze maggiori possono spezzarsi). Lei era il ramo portante più bello, pieno di fiori di qualsiasi genere, e non ne avevo mai avuto uno così prima di allora. Ma questo ramo aveva delle crepe vistose, delle ammaccature, ma non perché il nostro rapporto fosse fragile, anzi. Semmai lei era fragile, con un passato duro alle spalle, mi sembra che avesse perso il padre, o comunque i genitori erano separati.

Un giorno ammisi che brillava di quella luce che possiede solo chi ha vissuto per tanto tempo nel buio. Lei mi confessò che sua madre pochi giorni prima le aveva detto le stesse identiche parole, o comunque molto simili, e che a un certo punto avesse anche temuto di perderla. E onestamente per me questo tipo di luci è una manna dal cielo, mi ciberei soltanto di questo. Quindi è vero che il ramo era pieno di crepe, ma da quelle crepe uscivano i fiori più belli e colorati dell'intero albero.

Poi a un certo punto questo ramo si spezza, prima che i fiori riescano a diventare frutti. Fino a poco tempo fa ero convinto che il motivo per il quale il ramo si fosse spezzato ero io. Me ne assunsi ogni responsabilità.

I primi scricchiolii si sentivano già quando commisi il grave errore di dirle una grande stronzata solo per attirare un po' la sua attenzione, perché era un momento in cui non rispondeva sempre ai messaggi e io mi deprimevo perché avevo paura che potesse succedere qualcosa.

Le dissi che stavo tagliando la rughetta con un coltello in mano quando a un certo punto il mio sguardo è finito sulle vene del mio polso. Col tempo ho capito che era del tutto normale pensare una cosa simile, per quanto strana possa sembrare. Come quando passa la metro e tu ti immagini di buttartici di sotto (ne ho discusso con molti di questo fatto e quasi tutti mi hanno dato ragione). Una cosa che mai e poi mai avrei fatto, e anche lei avrebbe dovuto saperlo visti tutti i discorsi precedenti sulla mia positività e sulla mia insistenza nel superare i problemi.

Ma questo in lei ha fatto suonare un campanello di allarme, da allora iniziò a temere veramente che potessi farmi del male per causa sua, e questo l'avrebbe distrutta (almeno a quanto dice lei). Così lei iniziò piano piano a staccarsi, rispondendo sempre di meno. E questa cosa mi faceva quasi impazzire, perché sono (o meglio ero, perché credo di aver imparato la lezione) la tipica persona che va in paranoia quando qualcuno non risponde ai messaggi, soprattutto se sono molto importanti. Quindi ero diventato insistente, e non facevo altro che rovinare ancora di più le cose.

Poi il giorno dopo la prima caduta di quest'estate, a fine maggio, le dissi dell'accaduto e lei pensò che il momento in cui sarebbe successo quello che temeva fosse molto vicino. Voleva che noi ci separassimo. Voleva essere bloccata da instagram e facebook, voleva che cancellassi il suo numero. Voleva che non le scrivessi più. Io rispettai il suo volere, però le dissi che mi doveva bloccare anche lei, perché io avrei potuto in qualsiasi momento sbloccarla data la mia scarsa forza di volontà, soprattutto in questi casi.

Lei mi bloccò, ma mi risbloccò quasi subito. Tutto filò liscio, non la ricontattavo e non la pensavo, fino al momento della seconda caduta, nella quale tutta questa storia mi si ricatapultò davanti gli occhi. Lì cedetti e le riscrissi. Era ormai fine agosto, e da quel momento, due o tre volte al mese, senza darmi una regola, provo a riscriverle su instagram, forse proprio lì e non su Facebook perché è su instagram che tutto ebbe inizio. Un lunedì succede una cosa cruciale, e cioè lei mi confessa che non ha mai imparato a capire le persone, (il che è vero) e quindi da lì mi sento inspiegabilmente più leggero, come se le responsabilità che mi ero caricato tutte addosso si fossero suddivise egualmente tra me e lei. E forse il fatto che lei abbia scelto di rivelarmi questa cosa potrebbe indicare che non è così lontana come penso. Potrebbe indicare che forse il ramo non si è ancora del tutto spezzato e c'è ancora la possibilità di ripararlo.

Ho avuto l'idea di sentirci per lettera, così in questo modo non posso andare in paranoia perché lei non risponde, e non posso avere fretta per una sua risposta, perché con le lettere tutto si rallenterebbe. Ed è un fatto molto positivo anche perché tra noi è successo tutto troppo velocemente. E poi una volta parlammo del nostro desiderio di voler vivere in un'epoca precedente in cui le lettere erano l'unico mezzo di comunicazione a distanza, quando ancora non esistevano i telefoni, e lei era fermamente convinta anche del fatto che l'attesa aumenta il piacere di qualsiasi cosa una volta che accade. Ora sei riuscita a capire?

Libeika: Sì!

CAPITOLO XXI + I

Bonus

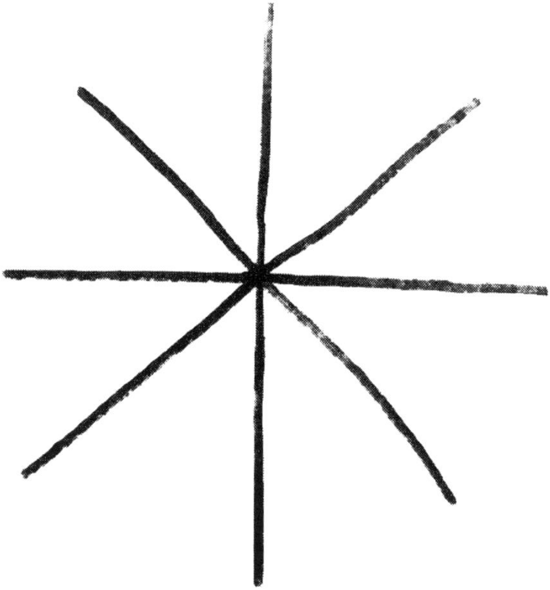

È passato molto tempo da quando credevo che il libro fosse finito. Però in questo frangente sono accadute cose troppo importanti per non essere menzionate, e quindi ho deciso di continuarlo.

«Figa come idea... il libro che cresce con te!»

Michela (Una mia amica)

Inanzitutto, bisogna dire che per motivi lavorativi a febbraio sono stato costretto a lasciare la casa a Roma, e quindi anche i miei amati coinquilini. Certo, non manca occasione per rivedersi tutti insieme, e infatti a volte vado ancora a mangiare o dormire da loro. Ma non è la stessa cosa.

Ora abito a Formia e la quotidianità a tratti è molto monotona. Qui non ho tanti amici, e la mia vita sociale è drasticamente diminuita. Tra palestra e corso di illustrazione a Roma le cose da fare sono assai poche.

Sono diventato un pendolare anche io, seppur per pochi giorni a settimana, e passo diverso tempo in stazioni e metropolitane. Incontro tante persone, con le loro infinite caretteristiche, che non mi stanco mai di annotare sul mio telefonino. E in più ho molto più tempo per leggere, così da esplorare nuovi orizzonti.

Il 21 marzo è arrivata la svolta. Ho fatto una bella vacanza, tanto per cambiare aria. Non è stata improvvisata, ma anzi l'ho prenotato addirittura ad Agosto dello scorso anno. È stato il mio secondo viaggio all'estero, e la meta è sicuramente tra le più ambite: l'Islanda. Devo ammettere che questo è il vero motivo per cui ho deciso di riaprire il libro, tant'è che all'inizio ho pensato di chiamare questo capitolo "Iceland" o "Dannata Aurora", dato che in sei giorni non siamo riusciti a vedere la fatidica Aurora Boreale.

Nonostante il freddo, le tempeste di neve, la pioggia (abbiamo trovato un clima non troppo favorevole, per usare un eufemismo) e i continui cambi di programma, è stata un'esperienza fantastica. Abbiamo visto tante cose degne di nota: cascate, ghiacciai, terme (nella quale abbiamo fatto il bagno con la neve che cadeva e si scioglieva sui nostri corpi caldi e con una pinta di birra in mano), costiere, la spiaggia nera e diversi animali, tra cui tanti cavalli (che si sono dimostrati molto docili e affettuosi), pecore, gabbiani, papere, cigni e anche foche e un'orca, ma solo in lontananza.

Abbiamo mangiato molti prodotti tipici e pesce fresco, anche se purtroppo gli americani che vi abitano a causa della presenza di una base NATO sono stati capaci di contaminare le tradizioni culinarie del territorio con i loro fast-food e le loro "porcherie".

Nonostante questo sono riuscito ad assaggiare una specialità islandese: lo squalo putrefatto, vi sfido a mangiarne anche solo un pezzettino. La sua carne non si può mangiare fresca perché risulterebbe piena di ammoniaca e quindi velenosa, dato che lo squalo durante la sua vita non espelle l'urina. Quindi prima di poterla mangiare bisogna aspettare che marcisca, ma non stiamo facendo una lezione scientifica e quindi evito di menzionare tutti i dettagli, anche perché non li conosco bene.

Ho avuto la fortuna di capitare in un gruppo affiatato e socievole, proveniente da buona parte dell'Italia, insieme alla mia compagna di viaggio e di corso Libeika.

Ho conosciuto una ragazza magnifica, bella e con una mente apertissima. Siciliana, ma lavora e abita temporaneamente in Belgio dalla zia. L'ho notata subito, appena ho visto il suo viso. Era un pò chiusa e riservata, almeno all'inizio. Mi è subito piaciuta.

Cercavo di coinvolgerla spesso nelle conversazioni, in macchina la spingevo spesso a scegliere delle canzoni da ascoltare. Una di queste fu *Me so 'mbriacato* di Alessandro Mannarino, la conoscevano un pò tutti, e quindi iniziammo a cantarla. E tra le tante voci riuscii a scorgere anche la sua, che sebbene fosse bassa, era davvero stupenda.

Quando scendemmo dalla macchina le feci i complimenti e le chiesi come mai conoscesse quella canzone. Da lì venni a sapere che aveva ottimi gusti musicali. Il suo cantante preferito è Lucio Dalla, ed è abbastanza insolito per una ragazza del '98.

Ascolta anche Fabrizio De André, e non nego che è questa la caratteristica che ha fatto scoccare in me la famosa "scintilla", essendo io un suo grande appassionato. Quindi buona parte del tempo lo passavamo a parlare di lui.

Lei mi consigliò *La ballata dell'amore cieco*, che narra la disavventura di uno che si uccide per amore della sua amata e *Il testamento di Tito*, dove critica i dieci comandamenti della Chiesa cattolica.

Io già le conoscevo entrambe. E risposi suggerendole *Via del Campo*, la canzone che mi piace di più in assoluto e parla di uno che si innamora di una prostituta; *Ho visto Nina volare*, dove Nina è una bambina che senza volerlo fa innamorare morbosamente un ragazzo; *Princesa*, che racconta di un ragazzo che vuole diventare ragazza; *La ballata del Michè*, dove il protagonista si impicca in prigione perché è stato condannato a venti anni di carcere per aver ammazzato l'uomo che voleva rubargli la sua compagna dalla quale non poteva restare lontano per così tanto tempo.

Scoprimmo di avere molte altre cose in comune, come la sbadataggine, le sventure da ubriachi, la passione per la lettura (ogni tanto ci suggerivamo degli scrittori da approfondire) e la fotografia. Quando camminavamo ci divertivamo a scorgere i dettagli apparentemente privi di significato ma che valeva la pena fotografare, quasi come fosse una gara, e a ragionare su come avremmo potuto ritrarli al meglio. Eravamo talmente presi da questa attività che un paio di volte ci siamo persi il resto del gruppo.

Ci conoscevamo da pochi giorni e già avevamo un feeling particolare (o almeno lo credevo io). A volte mi sembrava che, quando camminavamo vicini, se rimanevo leggermente indietro lei si girasse verso di me per vedere dove fossi. E così avevo iniziato a fare anche io.

Notai che quando smetteva di fumare, per non buttare le cicche di sigaretta per terra, se le infilava nella borsetta o nelle tasche. Quindi, per evitare che si sporcasse, decisi di prendergliele io, chiuderle in un fazzolettino e posarle nella mia sacca. Eh sì, per lei diventai proprio un posacenere!

Ben presto la sacca iniziò a puzzare di fumo. Avrei dovuto capire che quello era un segnale di quello che poi sarebbe accaduto, infatti quel rapporto era solo fumo negli occhi.

Se la mia vita fosse stata una love story, lei sarebbe potuta benissimo essere la mia anima gemella... E invece era fidanzata con un altro da diversi anni.

«Ascolta una cosa che ti sarà molto utile per il futuro e che ti dice uno più grande di te. C'è solo un genere di donna che è impossibile da conquistare, e cioè la donna innamorata»

Davide (un mio compagno di viaggio)

Questa notizia mi rattristò non poco. L'ultima sera, tornati in hotel, andai in camera sua per farmi ridare un pantalone termico che le avevo prestato. Il giorno dopo non ci saremmo potuti rivedere, e quindi ci salutammo e me ne andai nella stanza. Non riuscivo a darmi pace. Il cervello stava esplodendo. Il cuore ancora peggio. Facevo su e giù in quello spazio non troppo grande. Volevo rivederla. Dovevo inventare una scusa per tornare da lei. Magari qualcosa che avrei potuto lasciarle per ricordo. Ma cosa?

Mi tornarono in mente due foto polaroid che mi ero fatto fare con diversi panorami islandesi. Decisi di portarle con me e di farle scegliere quella che voleva. Non ricordavo quale fosse il numero della sua stanza, ricordavo solo il piano, ma non mi diedi per vinto. Bussai a quattro diverse porte prima di trovarla. Le diedi la foto che riteneva più bella, mentre l'altra me la infilai nel portafoglio.

Ci risalutammo (questa volta per davvero) con la promessa di risentirci ancora, magari anche solo per messaggio.

Ho sognato di stare in Islanda tutte le notti per una settimana dopo il mio ritorno. Quella terra così desolata e incontaminata, dove i colori che predominavano erano il bianco della neve e il blu del cielo e dell'acqua in tutte le sue bellisime forme. Ma purtroppo tutto ha una fine, e anche questo libro.

STOP

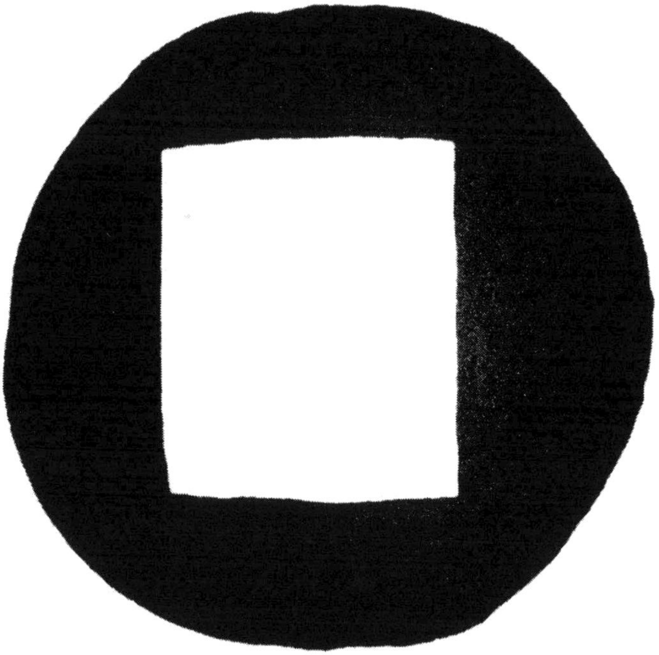

Ricordo quando mia zia per il mio compleanno (oltre al regalo) mi dava una scatoletta dell'ovetto kinder rigorosamente avvolta nella carta da pacchi con dentro una moneta da 0,50€ o da 1,00€ per ogni anno che compivo.

Il libro l'ho finito di scrivere a ventidue anni, e quindi è giusto che ci siano ventidue capitoli. In realtà però come numero non mi piace troppo, invece il 21 è il mio numero preferito. E poi l'ho iniziato quando avevo ventuno anni, e quindi non è neanche troppo sbagliato. Eccovi spiegato il numero dell'ultimo capitolo (XXI + I).

Mi sembra doveroso dirvi anche che con *Lei*, la ragazza che prima era rosa, poi margherita e infine girasole, non mi ci sono mai più sentito, e un pò mi dispiace. Ho dovuto accettare di non essere più un ramo portante del suo albero (se mai lo sono stato), che mi ha potato che ha deciso di fare a meno di me. Io non ce l'ho con lei, ha fatto le sue scelte e sono da rispettare. Avrà avuto i suoi buoni motivi, chi può dire che siano sbagliati? Sarebbe sbagliato invece che le dessi ancora la possibilità di farmi del male. Ma neanche in questo caso ce l'avrei con lei, ma me la prenderei solo con me che gliel'ho permesso. E poi non smetterò mai di ringraziarla, per avermi regalato una così bella storia da raccontare.

«Grazie a te ho una barca da scrivere, un treno da perdere»

Fabrizio De André (*Hotel Supramonte*)

Michela: se lei tornasse… tu ci staresti di nuovo o è chiusa definitivamente?

Io: Chiuso. Definitivamente. Ci parlerei, sì. Ma almeno l'intenzione è quella di non lasciarle campo libero. Che poi non è facile. La mente è fragile. Qualcosa dentro di me mi spingerebbe sicuramente a voler cercare quegli attimi di felicità che ho provato solo con lei, scordandosi dei molto più numerosi momenti di depressione, tristezza e angoscia che mi hanno fatto tanto male. Sarà una bella battaglia tra speranza e buonsenso. Se mai succedesse sarebbe un ottimo modo per mettere alla prova la mia maturità.

Ecco, adesso sì che ho davvero concluso tutte le cose che avevo da dire (solo per il momento). Spero che per voi sia convenuto leggere questo libro, per me sicuramente ne è valsa la pena scriverlo. Sono contento che la mia forza di volontà abbia vinto contro la mia pigrizia. Devo dire che a un certo punto stavo quasi pensando di buttare tutto all'aria, dati i vari inconvenienti che sono venuti a crearsi, ma non ho ceduto.

Sono riuscito ad andare avanti in questa partita a scacchi, non mi sono arreso. Si arriverà fino alla fine, dove si deciderà chi è più duro, chi ha più energie e chi invece si è stancato di giocare. Mi sono goduto il viaggio, ora sono molto curioso di sapere dove mi porterà, sono curioso di sapere quale sarà la destinazione, sono curioso di sapere il "dopo".

Ma intanto so che Anthony puo essere fiero di me perché ho finalmente imparato a regolarmi la barba da solo.

Io: Allora? È finito o no 'sto libro?

Me: Sì sì è finito, calma però...

Io: E finalmene, era ora!

«U' libro è asciuto buon'[18]*»*

Vincenzone

[18]Il libro è uscito bene

Printed in Poland
by Amazon Fulfillment
Poland Sp. z o.o., Wrocław

81314331R00092